挂上树梢的毡房

武夫安◎著

新疆美术摄影出版社
新疆电子音像出版社

图书在版编目（CIP）数据

挂上树梢的毡房 / 文昊主编. — 乌鲁木齐：新疆美术摄影出版社：新疆电子音像出版社，2013.10 （2015 年 4 月重印）（亚洲中心文化丛书）

ISBN 978-7-5469-4450-0

Ⅰ.①挂… Ⅱ.①文… Ⅲ.①散文集 – 中国 – 当代 Ⅳ.①I267

中国版本图书馆 CIP 数据核字（2013）第 244646 号

亚洲中心文化丛书　　文昊 主编

本册书名	挂上树梢的毡房
作　　者	武夫安
责任编辑	高雪梅
装帧设计	党　红　李瑞芳
出　　版	新疆美术摄影出版社
	新疆电子音像出版社
社　　址	乌鲁木齐市经济技术开发区科技园路 5 号〔邮编：830026〕
电　　话	0991-3773930
发　　行	新华书店
印　　刷	三河市燕春印务有限公司
开　　本	787mm×1092mm　1/16
印　　张	11
字　　数	102 千字
版　　次	2015 年 4 月第 2 版
印　　次	2015 年 4 月第 1 次印刷
书　　号	ISBN 978-7-5469-4450-0
定　　价	29.80 元

目 录

阿尔泰"狗头金"谜案

清末民初,是阿尔泰山脉百里金沟最热闹的时期,每年都有数以万计来自国内和俄罗斯的淘金客、骆驼客和收购砂金的客商。

1889 年 11 月,大金沟挖出了一块重四千多克的狗头金,轰动了整个阿勒泰地区。于是,形形色色的人物粉墨登场了,十几个淘金客,命赴黄泉,俄国驻阿勒泰地区大使馆官员被刺,狗头金从此杳无踪迹……

这是清末民初阿勒泰地区最大的黄金谜案……

20 世纪 80 年代中期,阿勒泰地区又迎来了一波淘金的高潮,当年那宗黄金谜案的知情人出现了……

一

如果把中华人民共和国的版图比喻成雄鸡,鸡尾就是新疆维吾尔自治区的阿勒泰。那莽莽苍苍,绵延千里的山脉就是阿尔泰山脉;那山脉中自盘古至今奔流不息的河流就是额尔齐斯河。

"阿尔泰"(蒙语,"金山")几个世纪以来笼罩神奇和神秘面纱,若虚若实地飘浮在神话和现实之间。

相传"阿尔泰山 72 条沟,沟沟有黄金"。这不知是哪一代流传下来的诱人说法，但确实是阿尔泰山脉的真实写照。

额尔齐斯河千百年来大浪淘沙，淘出了金子，也是淘金者的眼泪；述说着一代又一代"金客"虔诚、疯狂的梦想；围绕着黄金，记述着一代又一代"金客"传奇般的故事。

本文叙述的就是清末明初的这段关于一块 4000 克重的狗头金的故事。虽然一个世纪过去了，但至今也无法淡出人们的记忆……

二

李二傻是无意间闯入一个叫大金沟的山谷里来的，又是在无所知无所奢求的心境中与狗头金结缘。他长眠在阿尔泰山大金沟山中的亡灵是不可能知道，因为他发现了那块"狗头金"，那血腥的故事延续了两个世纪……

1909 年（清宣统二年）3 月，太原府最大的商号，宝丰号的一支 150 峰骆驼的驼队，驮了丝绸、茶叶等江南货，从太原出发，经中卫至武威、出嘉玉关，一路西行，过哈密、乌鲁木齐、阿勒泰，目的地是今天的哈萨克斯坦境内的阿斯塔纳，领头的是位四十多岁的中年人叫李大奎，山西齐县齐家村人。李大奎是宝丰商号大把头，在这条西行的驼道上已经走了二十多年了，大漠、山川、戈壁荒原留下了他们艰难跋涉的足迹，风霜雪雨里他们与恶劣的气候环境抗争，面对野兽、盗匪他们舔着刀尖上的鲜血度日，千难万险、九死一生的场面经历了一次又一次。有许多人因干渴、疾病、野兽、盗匪先后一个个地离去了。眼泪一次次地流干，心一次次地被掏空。然而为了一家老小的温饱，这条洒满血泪的"丝绸之路"还是要走下去。

李大奎打算走完这一次驼，就不再干了，20 年的风雨历程，手里多少有了些积蓄，等这次回来，在太原干点小买卖，能够让一家人糊口也就心满意足了。

　　然而，这次走驼，他的心里多了一份担扰。年迈多病的三叔一再嘱托，把他家的"二傻"带上。他知道三叔家已经揭不开锅了，三叔因病已经丧失了劳动能力。"二傻"是家里的顶梁柱，一个姐姐嫁人，18岁的"二傻"不得不外出谋生。"二傻"其实不傻，只是太老实，人实在，又不爱说话，因排行老二，便叫了"二傻"。

　　"二傻"虽然没有出过门，一路上也是能吃苦受累的，从来没有掉过队。这让李大奎心里稍稍有了些许安慰。

　　然而，这次李大奎面临着的灾难不是某一个人给他制造的。当李大奎的驼队浩浩荡荡地将要沿着额尔齐斯河流域走过科布多镇（现蒙古境内）时，遇到了一股子"老毛子"军队的围截、屠杀和掠夺。

　　当时，国内政局不稳，摇摇欲坠的清政府已无暇顾及西域的防务，在俄国沙皇政府煽动、操纵下一小撮王公活佛成立了临时政府，纠集了数千兵丁向清朝政府阿勒泰办事大臣的驻地——科布多镇进犯。驻科布多镇的满族参赞傅镜与镇边史延年，率驻军抵抗，终于寡不敌众，开城投降。（出自《新疆图志》）

　　科布多攻下不久，李大奎便率领着他的驼队走进了科布多，守城的老毛子军以为是清政府押运粮草的驼队，围追堵截一阵厮杀。李大奎感觉劫他们的这伙兵丁不像一般的劫匪。一般的劫匪是只图财不害命的，这伙老毛子兵是既夺财又杀人。他看到形势不妙，便要伙计们弃驼逃命，慌乱中，他本能的举动，就是一把抓住了兄弟"二傻"的手往山里逃去。

　　不幸中的万幸。李大奎拉着二傻跌跌撞撞地跑进了山林，躲过了这一劫，后来他收拢了一起跑出来的兄弟们，数了一数，一百五十多人就剩下八个人，大家都不同程度地受了伤。

　　李大奎带着5个逃出来的兄弟，一路相互搀扶着向阿勒泰的方向走去。

到了北屯镇，李大奎一行早已是身无分文了。大批从内地来的淘金客给了他们启发，为了挣够回老家的盘缠，他们也加入了淘金的队伍。

三

黄金的暴利诱惑着各色各样的人云集在阿尔泰山的东岔河、西岔河、新金河、老金河、哈熊沟、板场沟等地方。因此，清政府驻阿勒泰的办事长官把黄金税收当作重要的财政收入，并设立了金课局，凡入沟淘金者必来办课税手续。

那个时期，阿尔泰主要出产砂金，金子的成色很高，颜色也纯正，熔化后不用提炼可直接加工成项链、戒指等饰品，不但在新疆有名，而且在中原和中亚一些地区也久负盛名。颗粒金就更珍贵了，有的形如黄豆、玉米、高粱等，人们亲昵地称为"阿金"。

采金人有两种，一种人是自己有一些积蓄，在课税局登记，自己出资购买淘金工具和吃住等生活用品，雇人淘金，以黄金分成或以货币给出苦力者付薪；另一种人，就是身无分文的苦力者了。

清末民初的开矿淘金主要是在河滩进行的，他们把石滩表层近两米多的沙石层拨离开，到了含金层时，就把流槽架到河边。流槽通常是用木头做成的，半米宽，两米多长，把钉死的一头垫起来，形成 25 度左右的斜坡，槽子的下半截和框口下铺上毡子，将人工挑来的金砂一锹锹地铲入槽内，再用水冲洗，因为沙子比石头的比重轻，则被水冲下去。与这些石英沙、岩石粒共生的沙状矿物质留在槽底的毡子上冲不下去，其中含有少量的沙金。

雇工们的活干到这里就结束了，这是淘金人一代一代传下来的规矩，干粗活累活的雇工是绝看不到沙金的。

剩下的工序就是由工头或者老板自己来完成了。

　　老板或者工头等到毡子上挂满了一层黑沙，再把毡子取出来放进大盆里用水把黑沙冲下来，然后，用专门用于筛选沙金的金簸子，一点点的筛选，一次次地有节奏地颠来颠去，把黑沙子一点点地冲出去。到剩下少量的铁沙和金沙了，再用一个铁皮制成的小金簸子一点点地淘，直至把所有的铁沙淘去，剩下的就是亮闪闪、金灿灿的沙金了，淘金人把这道工序叫做"摇簸子"。这个程序雇工是看不到了，老板小心翼翼的目的是怕雇工的手不干净，更怕雇工知道淘金数量引起不必要的麻烦。

　　火凤凰是在那天黄昏，在水边摇完最后一次金簸子时，远远看到六个衣冠不整、面色憔悴的人向她这边走来的。

　　起初，火凤凰紧紧盯着簸子里那星星点点的金沙目不转睛，生怕一不小心让一小粒跑了。此时是她最紧张也是最兴奋的时刻，那点点的金沙在她的心中就像银河系中闪闪烁烁的星星，是她心中的向往，那种感觉只有此刻才有。有时，她在想，她怎能变成一个活在欲望中的女人呢？现实确实如此，她像一个大烟鬼一样痴迷地寻找着这种感觉，享受着这种感觉的全过程。每逢淘沙金时，她的脑海里有着无边无际的幻想牵引着她越走越远……

　　当李大奎等五人走近时，一下子把火凤凰从极度的兴奋和紧张中惊醒。那种意犹未尽的愤怒，那种被人窥视的恐惧，让她一下子变成了一头愤怒的母狮子，咆哮起来。

　　"老尕！老尕！你他娘的死哪去了？有人来了……"

　　火凤凰惊恐未定的叫喊声，让老尕吓了一跳，因为老尕知道火凤凰在选沙金，这种叫声是绝对出了意外。老尕和几十个弟兄像躲在洞里的饿狼一样从蛰居的地窝子里一下子窜了出来，将李大奎等六人团团围住。七手八脚地将他们六人捆了起来。

　　老尕一伙人的举动，让李大奎等人懵了，几乎没有任何反抗就束手就擒了。走驼李大奎是行家，可是淘金人的规矩他就一窍不通了。他犯了淘金人的大忌，每天黄昏，是金老板们筛选沙金的时刻，一般人这时是不进山的，一旦来人非抢即盗。

李大奎一伙人被老尕当作土匪强盗抓了起来，一番盘问才摸清了来龙去脉。火凤凰看这伙人也不像强盗，既然他们愿意留下来淘金，正缺人手的火凤凰将他们这伙人收留了。

今年三十多岁的火凤凰，白净细嫩的圆脸，一米七的个头，丰满的身材，让淘金汉子们看了魂不守舍，这条金沟里她是出了名的野凤凰，抽烟、喝酒、打麻将样样都会，别看她长的秀色可人，可是她的火暴的性格，让许多想打她主意的男人都望尘莫及，占不了便宜往往还落了一身骚。有人说她和阿勒泰衙门里的长官老爷有什么关系，暗地里常来常往。有一年，金课局的管事上山收课税，被火凤凰火辣辣的眼睛和勾魂的身体曲线弄得心里直上火。在火凤凰的地窝子里一顿大吃大喝之后，想占火凤凰的便宜，不想她不慌不忙地从枕头底下摸出一块小木牌轻轻敲了敲，管事看清了，那块木牌正是阿勒泰办事大臣的腰牌，吓得跪地磕头："姑奶奶，小的有眼不识泰山，你饶了小的吧！"

磕头有如鸡啄米，之后，这位管事大人带上手下，课税也不收了，狼狈逃窜，身后传来了火凤凰放荡的笑声……

还有一次，几个小贼在黄昏时分突然闯进火凤凰的地窝子，抢沙金，还没有得手，就看见了火凤凰手里的狼标，在匪道上没有人不认识这只狼标，它是阿尔泰山脉里狼帮首领刘金魁的狼标。据说，刘金魁是个杀人不眨眼的魔王，手下数千兄弟，分布在阿尔泰山脉的各个山头。刘金魁虽然是个大魔头，但他对抗的是官府和富豪，却从不动穷人。他有五个这样的狼标，只有他本人和少数几个亲信才有此标，见此标就如同见他本人。这帮小混混磕头如捣蒜，接着就是抱头鼠窜……

火凤凰在阿勒泰是黑白两道上通吃的女强人，一传十，十传百地传开了。至于是真是假，谁也无从考证。关于火凤凰的身世至今还是个谜。

据说，她家境贫寒，19岁就被父亲卖给一个大她20岁的金老板做妾。这个金老板接连娶了两个老婆，给他生了一群丫头，他再娶火凤凰就是要她生儿子，老天偏偏不开眼，火凤凰接连几年又给他生了三个丫头。这样火凤凰的日子就更难过了，丈夫是个烟鬼加酒鬼，喝醉了就打她，火凤凰经常被打的体无完肤。于是她心一横，偷了些金子，与一个相好的"金客子"私奔了。

他们来到偏远的山里，在山里开始开矿淘金，"夫唱妇随"恩爱有加，过起了夫妻生活，可惜这个"金客子"是个短命鬼，在一次上山的途中不小心坠崖身亡……

于是，火凤凰就开始自立门户，开矿淘金，几年下来有了不少的积蓄。

在火凤凰的眼里，金子和男人一样是自己淘来支配的，而不是自己被金子或者男人们占有或支配。换句话说，火凤凰她需要男人，更需要金子。

她曾无数次地为想占有金子和拥有了金子而发狂；更为想占有男人和占有了男人而发疯。在她心中占有者的快乐，是无法形容的。相反，她永远不会被金子或者男人所占有。

然而，李大奎等六人的到来却改变了火凤凰的生活。

在男人面前，火凤凰永远像一匹高傲的母狼，但凡见过她的男人，眼珠子没有不在她身上滚来滚去的。然而，李大奎却是个例外，这让火凤凰膨胀的自尊心多多少少有些受挫。

李大奎坐在火凤凰的面前，依然像个数百峰驼队的头人一样，不卑不亢，根本不正面看火凤凰，"我们是在您这里挣个回关内的盘缠，不想发什么大财？老板若是留我们，出力气没有问题，你们的规矩我们守,淘沙金时,你管吃管住与你们这里人一样的工钱,如果,我们捡到了金豆子或者大金块,老板给我三七分成,老板七,我们三……"

李大奎的话惹得大家一阵哄堂大笑,"这方圆几百里的金沟里已经几十年没有出疙瘩了,你们还在做梦啊!"

笑得前仰后合的火凤凰,答应了李大奎的条件。

李大奎是个做事认真严谨的人,对于火凤凰和老尕等人的嘲笑,不动声色,缓缓地站起来,说了声:"谢谢,老板。"便起身跟着一个淘金汉去了雇工们住的大地窝子。反倒把火凤凰晾在那里了。

李大奎等人干活和做人一样诚实,是不惜力,不偷懒的。他们日出而作,日落而息,重复着每天一样的工序,就是从矿床上把矿砂、石块等背到河面的流槽前。

四

8月的阿尔泰山谷,已是树叶金黄了。因为这里是高寒山区,秋天比其他的地方来的早,山里已明显地增加了许多凉意,再有半个月冬天就要来了,山上一下雪,河滩上的矿床就挖不动。为了延长淘金时间,淘金汉开始在山梁上开凿矿洞,在洞里采挖。

就这样一个月过去了,李大奎他们六人淘的沙金扣除工具钱和吃住费用,根本没有挣上什么钱。眼看着今年回去的愿望就要破灭了,大家心情很沉重,心里急呀,六人中二傻最小,又累又想家,眼泪禁不住流了出来。

李大奎急了:"你怎么像个娘们儿,哭有什么用,没有出息的玩艺儿。"

当时由于清政府的无能,俄国的老毛子,不经过清政府的批准就在阿勒泰建立了领事馆,其目的就是来掠夺阿尔泰的黄金。

一进入秋天,老毛子就进山来收购黄金,说是收购,其实是在不择手段地掠夺。

他们早就听说过火凤凰的金矿上出产上等的沙金,虽然老毛子人数不多,却都带着枪,到了任何一个金矿他们都十分嚣张,强取豪夺,留下很少的几块大洋。

火凤凰是个很有心计的女人,一年来淘的沙金早就被她转移到了安全的地方,老毛子来时,已经所剩无几了。他们在火凤凰手里没有收购到沙金,领头的老毛子却把色迷迷的目光盯上了火凤凰,用左轮手枪逼着火凤凰就范。几个雇工不干了,操起家伙准备与老毛子拼命。

"砰!砰!"

随着两声枪响,这些金客子们吓得魂飞魄散,他们哪里见过这个阵势。十几个老毛子端起枪对准了这些淘金客,就连平日里围着火凤凰屁股转的老尕也傻了眼。

性格刚烈的火凤凰誓死不从。

"你们还是不是爷们儿!妈的,还有能站着撒尿的吗?"

空气中弥漫着死亡的气息,时间在一秒一秒地逼近,此时的老毛子更加放肆,对着火凤凰动起手来。

这时,像一股风一样,有人飞身扑向了为首的老毛子,这人就是李大奎。然而,当李大奎的匕首还没有逼近老毛子时,老毛子的枪再次响了,这一枪打在了李大奎的左肩上,鲜血刹那间流了出来,然而,像铁人一样的李大奎,只是身体抖了一下,并没有倒下,双眼像尖刀一样,步步紧逼老毛子,他的这一举动,反到让老毛子傻了,他们的目的是掠夺金子,不想惹出更多的麻烦,于是扔下火凤凰,气哼哼地走了……

在场的人目睹眼前发生的一切,傻傻地站在那里,看着老毛子离去……

直到李大奎一屁股坐在了地上,人们才反应过来……

火凤凰做梦也没有想到,从来不正眼看她的这个男人,此刻肯为她连命都不要了。

同样让火凤凰没有想到的是，跟了她8年的老尕，今天变成了缩头乌龟，老尕平日在自己面前像一条哈巴狗，摇头晃脑的，尽管金矿上的雇工们都由老尕在管理着，省去了火凤凰的不少事，但是老尕也在这些雇工身上刮了不少油。从他来到火凤凰的金矿那天起，他一直在打着火凤凰的主意，可是火凤凰就是看不上这种像哈巴狗一样的男人。火凤凰的这种判断在今天终于得到了证实，这是一个贪心而又软弱的男人。火凤凰并没在老尕身上找到她所需要的那种男人的阳刚之气，只是一种欲望的宣泄和一种郁闷心情的转嫁。在那一刻，她首先想到能站出来为她挡一枪的男人应该是老尕，而不是李大奎。也就是在那一刻，火凤凰对老尕彻底失望了。

五

李大奎受了伤不能再出工了，剩下的几个弟兄更是着急了，眼看天就要冷了，他们回家的盘缠还没有着落。二傻他们为了每天多淘些金，主动每天延时两个时辰收工。

李大奎在雇工们住的大地窝子里养伤，每日三餐火凤凰都亲自动手做好送来，为了给大奎补身体，火凤凰专门派人到山里打了野鸡和野羊等。

在火凤凰的精心照料下，李大奎的伤势好得很快。

一天中午，淘金人都去上工了，火凤凰让人烧了一大锅热水，倒在她洗澡用的大木盆里。还没开口说话脸就红了，这是这么多年来，作为女人她第一次感到害羞，这种羞涩之情还原了她作为女人久违的情感，这种甜蜜和幸福是她从来没有体会过的，与她作为强者在欲望的驱使下去占有是完全不同的感觉。

"快半个月了，你的伤都快好了，我让人烧了热水，你好好地泡泡吧!"

火凤凰第一次不敢直面一个男人说话,李大奎在那里愣了神,进退不能。

"还愣什么,一个大男人还害什么羞呀!"

还没有等李大奎缓过神来,火凤凰就开始帮他脱外衣了。大奎虽然什么也没有说,但是他已经从火凤凰的表情里读懂了这个女人的心事。李大奎的内心也是非常不平静的,活到40岁,除了自己的老婆还从来没有任何一个女人这样对他。浑身燥热,热血沸腾,同时,内心里也充满了矛盾,他想拒绝,但是,却又欲罢不能,他也分不清自己是真正喜欢上了这个充满野性,又带着刺的玫瑰?还是本能欲望的需求?或许两者都有吧。火凤凰火热的唇轻轻地吻在了李大奎左肩的伤口上,伤口痒得让他发疯,他嚎叫着抱起火凤凰,那声嚎叫,是他积蓄已久的……

火凤凰第一次被一个男人用这种野蛮而特别的方式占有,眼角上好久没有的泪水,涌了出来。作为女人用心去品味感情,这是她此生以来的第一次,在这条金沟里更多的是强者的占有,而少有强者与强者的结合。作为强者,作为女人,火凤凰感觉此生有此一次足矣!

所有的这一切始终有一双眼睛盯着,他就是老尔。

六

李大奎病愈的那天,可谓双喜临门。本来火凤凰不想让大奎再去干重活,可是大奎不肯,他不是吃软饭的,他更不能让自己的弟兄们看不起,弟兄们在矿洞里卖命,他却睡大觉?

金洞已经开采了四十多米深了,越往里空气越不流通,人进去就感觉到窒息,干上一阵活就更加喘不过气了,人们轮换着进行向前凿进。可是一直没有金子,正当淘金客们准备放弃时,矿沙里出现了黄豆大小的颗粒金,人们一下子来了精神,他们发财的欲望,回家的梦想,随着颗粒金的出现越来越近了。

李大奎进洞干活的那天中午发生的事情,改写了所有人的命运。

那天,二傻从矿洞里往外背矿沙,每背出来一筐由于缺氧总要在洞口歇上一会儿,每次休息时,总是筐不离身,找一个稍高一点儿的坡把筐放稳,人就地坐下,这样便于背筐站起来行走时不费力。依筐而坐的二傻有个习惯性的动作,那就是经常伸手抓一下筐里的矿砂。他的这个动作是毫无目的,是一种无意识的行为,这次伸手时,他抓到的不再是矿砂,而是一块沉甸甸的石头,他正想把这块沾满了泥沙的石头扔了,举在半空中的手突然停住了。二傻从来没有见过这种形状的石头,石头的顶部是浑圆的,旁边还有着像两只耳朵一样的东西,像一个动物的脑袋,二傻想有可能是种动物的化石。他用手把上面的沙子擦去,一下子露出了金灿灿的光,他不敢相信,这就是人们传说中的狗头金吗?二傻把眼睛瞪得圆圆的,嘴巴张得大大的,半天说不出话来,愣了几分钟后他连喊带叫、连滚带爬:

"大奎哥!大奎哥!"

二傻惊慌失措地大喊大叫让干活的雇工们不知发生了什么事,把所有的人搞懵了。

人们围过来时都不敢相信,这傻小子手里捧的是块狗头金。有人在山里淘了一辈子金,别说淘出狗头金,就是看一眼都是无缘。这几十年,方圆百里的金沟就没有出过狗头金。

一块重量4000克的狗头金被淘出来的消息像长了翅膀,在阿尔泰的淘金人中炸了锅,附近的金矿上的金客子们都纷纷跑来开眼界。

火凤凰杀了两只羊,放了几挂鞭炮,让淘金人大吃大喝一顿,那天火凤凰喝醉了,一手端着酒杯,一手扶着李大奎的肩膀大发感慨:"我淘了这么多年金,能见到狗头金还是头一次,大奎呀!你是大富大贵之人啊!我火凤凰遇到你,是我的缘分和福气,干!"

人们高兴的同时,也有了顾虑,在当时毕竟好东西要卖个好价钱很难,给4000克重的狗头金找一个合适的买主是件不容易的事。金课局收购的黄金价钱很低,倒卖黄金的商人多为小商人,一下子让他们拿出收购4000克黄金的钱也不可能。一些小商人为没有足够的钱收购狗头金而发愁,另一方面,狗头金在火凤凰手里一时卖不出去,淘金人也害怕,毕竟树大招风,几十年不遇的好事让他们遇上了,有谁知道,有多少歪心眼的人在动着心思呢?

一连四五天,来看狗头金的人不少,可是不是钱不够,就是出的价钱太低。

一天中午,来了一帮外国商人,领头的就是那天打伤李大奎的老毛子,他叫巴普罗夫斯基。此人的爷爷是列别可夫,1870年就开始来阿勒泰收购黄金,1877年作为普尔热瓦尔斯基的向导先后三次来阿勒泰,并在罗布泊盗猎野马。

他们这次来,伪装出一副善良的嘴脸,对上次发生的不愉快表示道歉,并向李大奎表示作一些赔偿。他们蹩脚的汉语和小丑似的表现让在场的人感觉很好笑,他们把一小包钱倒在李大奎住的地窝子的通铺上。

"这是俄国的卢布与你们的袁大头一样好用,你们要袁大头也可以,我出比金课局高出3倍的价钱……"

"我们不卖给你们,你们走吧!"

李大奎看着这些人就两眼冒火。

"我的上帝啊!阿门!这里没有人能够买得起,你们拿了钱就可以回家了……"

"我们就是把这块狗头金扔进额尔齐斯河里也绝不卖给老毛子,"在淘金人的愤怒声中,巴普罗夫斯基带着人走了。

李大奎、火凤凰等人知道这帮俄国老毛子绝不会善罢干休的,所以他们商量后决定,为防止夜长梦多,将狗头金卖给金课局,并决定让李大奎第二天下山到金课局去联系。

为了防止发生意外,火凤凰和李大奎当天夜里便将狗头金和沙金转移到一个山崖下藏起来,这个地方是多年来火凤凰藏金子的地点,从来都是万无一失,由于是夜里不敢点火照明,一切都在黑暗中进行,方位、记号只有火凤凰一个人知道。李大奎对此处只有个大概的印象。

七

李大奎从金课局回到矿上已经是第三天的早上了。他在离金矿还有两里远的路程,就听到,有人在撕心裂肺的嚎啕大哭,李大奎的心提到了嗓子眼上,他有一种不祥的预感,随即加快了脚步。

李大奎远远地看到他们住的地窝子前围了好多人,有人在嚎啕大哭。十几个淘金人的尸体已经僵硬了,死者中除李大奎的兄弟二傻等几个人外还有八个河南来的雇工。住在离金矿较远的几十个淘金人,都阴沉着脸,呆若木鸡地站在那里,大家的眼睛里除了悲痛还夹杂着愤怒。

一个年长的金客子对李大奎说:"有人堵死了门用烟火熏死的。"淘金人住的地窝子实际是往年淘金遗弃的旧金洞,洞门口一坍塌很容易被堵死,淘金人住的是通铺,铺的是芦苇和稻草,很容易点燃。

这场劫难火凤凰也没有躲过,她是在熟睡之际被人用手掐死的,很显然,她作过挣扎反抗,但是没有成功,床上的被子被她用脚蹬出去好远。人死了手里还抓着一张带有骆驼和狩猎图案的画……

现场十分凌乱,她的房间被人翻腾过。

凶手的意图很明显,他们就是冲着那块狗头金来的。

老尕说:"大奎,这一定是老毛子干的,他们杀了人抢走了金子,我们一定要报仇呀!"

杀人者是冲金子来的很显然,他们杀了人并没有抢到金子,因为藏金子的地方只有大奎和火凤凰知道。李大奎气得浑身发抖,一句话也没有说,心中燃起了复仇的怒火。

当天李大奎带上走驼用的飞镖,只身下山了。他要用老毛子的人头来祭奠火凤凰、二傻和死去的弟兄。

巨大的悲痛和愤怒让他一整天都没有说话,傍晚时,李大奎到了山下。

当晚,李大奎便潜入了俄国驻阿勒泰领事馆,循着灯光,李大奎悄悄来到窗下,曾经带老毛子到金矿的翻译与老毛子的一番对话让李大奎吃惊不小。

"狗头金究竟到哪里去了?"

"坏了,有可能我们上了老尕这小子的当了,我们被他利用了,他在借刀杀人,得了狗头金跑了……"

……

第二天,俄国领事馆炸开了锅,三个老毛子和一个翻译被飞镖击中而夺命……

凶手不知去向,外界纷纷传言,老毛子在大金沟杀了十几个人夺来的狗头金又被江洋大盗从老毛子手里夺去……

还有人说,从老毛子手里夺狗头金的大盗是一伙从中原来的飞贼,昼伏夜出,飞檐走壁个个身怀绝技……

也有人说,是老毛子内部人干的……

社会上流传着多个版本……

但是,数日后,人们在火凤凰和十几个被害的淘金人坟前看到了老尕的人头……

从此,狗头金成了清末明初的一桩谜案。

李大奎也从此不知去向。

八

额尔齐斯河流域的树木,绿了又黄,黄了又绿,没有人为几个淘金人的性命给予太多的关注。因为,每个淘金人都有一段悲烈的故事或者难以抹去的记忆。

但是,在阿尔泰山脉的百里金沟里,那块重 4000 克的狗头金的下落成了一个一传十,十传百的不解之谜。至于那十几条人命,淘金人也只会摇摇头,轻轻地叹口气:

"人为财死啊!"

20 世纪 70 年代后,由于国际市场金价上涨,世界各国都非常重视黄金生产与黄金储备。年产量最多的是南非和苏联,其次是加拿大、巴西、美国。西方估计,中国 1986 年的黄金产量居世界第六位,属于增长较快的国家之一。

沉默了几十年的金山开始热闹起来了。清澈了 30 年的金河水,逐渐变得浑浊起来了。猛然间,慕"金"而来的各路大军浩浩荡荡地向阿勒泰集结。

国民党统治时期的"老金客"来了,新社会才出生、从没见过金子的人也来了。

几十年捧着"铁饭碗"的人也来了。

居住在荒凉、贫穷、落后的西北的穷人来了,生活在沿海开放城市的特区富人也来了。

背着被褥、怀揣着干粮的人来了,西装革履、手提密码箱的人也来了。

身强力壮的男人们来了,姿容出众的女人们也来了。

文盲来了,有大学文凭的人也来了。

……

从 1985 年到 1991 年，每年春节过后，乌鲁木齐发往阿勒泰的长途汽车的客运量激增，阿勒泰各县、市、镇、乡村及交通要道上的大小旅店、饭店客满为患，各级黄金生产办公室的工作人员，被各种口音的黄金老板缠的头昏脑涨，而各个黄金检查站前，被扣下的各种车辆排成长串，大批采金人员四散在检查站前，蓬头垢面，狼狈地喝着生水，啃着干硬的馒头。

群采伊始，采金人员的进山手续极为简单，一张盖有红印的介绍信和 5 元钱即可办成（5 元钱为办理"边境禁区通行证"押金，交回该通行证，如数退还押金），进山之后，就可以走遍采金区的任何一个地方采金。

1981 年 5 月，一个五十多岁的男子，走进了阿尔泰山的大金沟一带，东走西转，不像游客，也不太像淘金客，看穿着打扮也不像科考的学者，是一个地地道道的农民穿着，说一口山西话。在山里一转就是一个多月，时间久了，山里的有些淘金人便和他有了一些交道，比如借宿、吃饭、问道。此人分明从这些人的眼睛里看出了对自己的疑惑，别人不好问，他也不说。

渐渐地人们发现了，这个内地来的汉子，好像对阿尔泰山里的岩画很感兴趣，因为他去的地方都是有岩画的悬崖峭壁。

在阿尔泰山脉的一些悬崖峭壁上，遗留下大量的岩画。这些岩画据文管部门考察，最早的岩画是两千多年前的匈奴、契丹、突厥、蒙古及哈萨克人留下来的。岩画的内容大部分是当时人们生产、生活、狩猎的场面。岩画风格，在不同程度上受到了中原文化的影响。大多是山川河流、日月星辰，形态各异的野生动物，觅食、奔跑以及人类狩猎、淘金的场景无不入画。有的栩栩如生，也有的比较笨拙、粗糙。这也许是人们对生活热爱的一种表达方式，抑或是一种庆典的风俗，久而久之，形成了一种在当时的条件下无法替代的文化传播手段。

这个中年人的心思好像又不在岩画本身，他每发现一处岩画，先是欣喜若狂，走近了看却不仔细研究或者考察岩画，只是轻描淡写的看上几眼就了事，而他却对岩画周围的峭壁、石洞、石缝之类的地方非常感兴趣。然后，就开始寻找什么，最后很失望地离开。

就这样一个月过去了，又一个月过去了。最后，中年人垂头丧气的下了山，走进阿勒泰地区黄金缉私队。

九

在黄金缉私队里，他讲述了自己的来历。他叫李山娃，是为完成父亲的遗愿来的。

"警察同志你们听说过，1909 年 11 月的那起狗头金谜案吗？"

缉私队的几个民警点点头，然后，给他倒了杯水，用好奇的目光打量了一下李山娃。

"在那起劫难中，大金沟的金老板火凤凰被害，十几个淘金人遇难，几个俄国人被杀，4000 克重的狗头金和 2000 克沙金不知去向，当事人李大奎失踪……

李山娃平静地讲述着这个阿尔泰山淘金人传说了近七十年的那宗谜案。

"那个叫李大奎的骆驼客就是我父亲……"

人们像是在听天方夜谭里的故事一样，听着李山娃的讲述。

当年，李大奎连夜进了俄国驻阿勒泰领事馆，在窗下偷听到俄国人巴普罗夫斯基说，他们被老尕利用了的经过。心里一下子明白了，原来是老尕勾结老毛子干的，他们杀了人没有找到狗头金，开始狗咬狗。

一怒之下，李大奎用飞镖杀了三个老毛子和一个翻译后，连夜返回到了山里，杀了老尕。

原来，老尕跟了火凤凰多年，在火凤凰跟前，摇头摆尾地伺候火凤凰,就是想财色兼收。然而,火凤凰是个带刺的玫瑰,老尕很难把这个女人的心拴住。谁知半路上又杀出了程咬金,李大奎的出现,让老尕彻底失望了。当金矿挖出了狗头金,他便心生歹念,想借助俄国人杀了火凤凰和李大奎等人,没有想到,李大奎下山去金课局联系卖掉狗头金的事,避开了那场劫难。

老尕与老毛子杀了人并没有得到狗头金,老尕便想把责任全推到俄国人的头上。

李大奎杀了老尕后,为了躲避俄国人的追杀,就跑进了山里,准备等事情平息了,再去取金子。谁知,时局动乱,他一直不敢露面,在阿尔泰山里他东躲西藏地过了几年,一直没有机会,由于思乡心切,想先回老家躲几年再说。

李大奎回到老家,一待就是几年,其间想来阿勒泰,还是由于时局的原因,没有动身。后来,岁数大了,就再也不能来了。

他在暮年,把他在心底埋藏了几十年的秘密告诉了小儿子李山娃。

由于当年他与火凤凰藏狗头金是在晚上,他只有个大概印象,火凤凰死的时候手里抓着一张纸画,画上的人物是山里岩石上常见的那种。

李大奎心里当时就明白了金子就在一幅岩画下面。

李大奎临终前,嘱咐儿子李山娃找到那些金子就上缴政府,那可是几十条人命啊!

李山娃在山里找了几个月也一无所获,阿尔泰山里的岩画随处可见,到哪里去找啊?他就只有把寻找狗头金的事交给政府去做……

后来,政府有关部门也曾经派人进山寻找,几次都一无所获……

至于那块狗头金和那些沙金就永远地成了一个谜……

探访玉石之路

　　在很久以前一个"大漠孤烟直"的黄昏,一支驼队几十峰骆驼叮叮当当地从和田出发返回中原,这本来是中原商人完成了一次普通的西域之行,踏上归乡的路程。然而,这次不同的是,驼背上驮的是一种产在和田的奇石,就这样那叮当的驼铃声无意间敲开了一条"玉石之路"。穿河西走廊,过秦晋大地,一路向东,将玉石文化的神秘面纱,像清风一样轻轻撩开,于是,中原大地的王宫贵族们沸腾了……

　　在这条漫漫玉石之路上,传颂着美丽动人的玉文化故事。在仰韶文化遗址、良渚文化遗址和红山文化遗址出土的文物中,均有大量的新疆和田玉石制成的玉器工艺品。古代传说中西王母向尧、舜、黄帝献玉送宝之说,也是新疆玉石东进内地的生动写照。《晋书·律历志》上载:"黄帝作律,发玉为管"。在河南安阳发掘的殷墟玉器,有一千二百余件,其中妇好墓中出土的七百五十五件玉器,经科学鉴定,大多数为和田玉石制品。《逸周书》上记载,商纣被灭"凡武王俘商归玉亿有百万"之说。尽管在统计数量上有夸大之说,但确实反映出了当时玉之盛多和这条玉石之路上的兴旺繁忙景象,令今人可想而知。与此同时,玉石之路还向西延伸到中亚地区。据乌孜别克史册记载,公元前二千年,新疆玉石已在那里出现。姚立华先生在其《西北交通之史的研究》

（1933年）中指出："在巴比仑、叙利亚古址发现之器物所用之玉，及中亚细亚以至欧洲诸国发现之石器时代所用之玉，皆当为于田产物"。由此可见，《史记》中记载的西汉张骞通西域实际上走的是玉石之路，经他凿通的丝绸之路，实际上应该命名为玉帛之路。通过这条"玉石之路"，新疆出产的和田玉向东输至祖国内地，形成为重要的民族文化遗产；向西输往中亚、欧洲，通过物资文化交流，传播了伟大的东方文化文明。这条"玉石之路"所到之处，都闪耀着玉色宝光和玉文化的耀眼光辉。

玉文化是中华民族几千年文化中的一部分，而玉中之极品则首当其冲应属新疆的"和田玉"，是它最早将西域与中原联系起来。千年的荒漠古道上，悠悠悦耳的驼铃声中，那驼背上最早驮着的不是丝绸，而是和田的美玉，那条被驮队踩出来的古道最早是"玉石之路"然后才演变成以后的"丝绸之路"，"玉石之路"，它远比我们所说的"丝绸之路"早出几千年。

从殷商时期开始，玉器除了工具、饰品外，还出现了礼器、仪仗、艺术品等，从奴隶到贵族，无论男女，皆以佩戴玉饰为尚；西周用六种颜色的玉琢成礼器"六器"，给天子用以礼告天地四方；到了西汉，玉成了皇权的象征，如皇帝的玉玺等。从此玉器的道德化、宗教化、政治化的观念风行起来。春秋战国时期，儒家学说的创始人孔子以儒家学说诠释和田美玉，使玉有了身份，有了感情、风度以及语言交流的作用，成为仁、智、义、礼、乐、信、德、道等社会道德的象征。这种美感意识在宋、元、明、清古玉器文化的年代里，被收藏家、鉴赏家、文人墨客们发挥到了无以复加的地步。

和田玉分为山料和子玉，"山料"是矿床上原生状态的矿石，"山料"经过流水的冲刷及搬运，沙砾的碰撞，打磨成圆润的玉块，就成了"子玉"。"山料"的产量最多，其中"子玉"一般只占25%左右，而羊脂玉仅占了子玉的 5%，由此可见羊脂玉乃玉中之上品。

世界上最著名的玉石河除了喀拉喀什河和玉龙喀什河以外，历史上还有叶尔羌河等，这些河流所产的和田玉在古代文献中亦有记载，如《西域见闻录》叶尔羌河的玉"大者如盘如斗，小者如拳如果，有重三四百斤者，各色不同，如雪之白，翠之青，蜡之黄，丹之赤，墨之黑者皆上品。"在古代，人们就认为昆仑山是"万山之祖"，它高大雄伟，故受到极大的崇拜。而和田玉的存在，又使昆仑山更加著名。

玉是有灵性的东西，它以温润而著称于世。玉是吉祥、和平的象征，这也是古往今来人们对玉赋予的美好愿望。千百万年关于玉的传奇故事很多，有的却伴着苦难和死亡……

羊脂玉与"戚家坑"的传说

关于玉的传说，就像玉本身一样美妙、神奇。相传在远古的时候，在昆仑山居住的"西王母"曾经将一块"白环玉玦"献给周穆王。周穆王大悦，他在西行巡狩时登上昆仑山赞许："惟天下之良山，宝玉之所在"。在汉代官府就曾经派人上昆仑山查找产玉的河源："河源出于田，其山多玉石。采来。天子按古图书，名河所出山曰——昆仑"。所言之山就是昆仑山。《天工开物记载》："凡玉，贵重者尽出于田"，说的就是今天的和田一带。开采山玉的历史具体年代目前尚无法考证。采玉经历了民间采（1761 年前）、官府和民间合采（1761 年~1821 年）、民间采（1821 年以后）大致三个阶段。

19 世纪初，一个叫拖达昆的人，在山里射中了一只牦牛，牦牛带箭而逃，血流了一路，猎人认为，牦牛必死，于是就顺着血迹一路找去，当他翻过了几座山终于找到了死去的牦牛，让他欣喜的是，牦牛旁边有一块精美的奇石，白如羊脂，猎人放弃了牦牛抱回了石头。后来商人用两峰骆驼、一匹马换走了那块奇石，商人同时让猎人把他带到发现奇石的地方。这就是位于海拔 4000 米以上的克里雅河源头,世界上著名的白玉矿——阿拉玛斯玉矿。于是,商人便在这里开采出来大量的上等白玉。阿拉玛斯矿所产的上等白玉质地光华,那色泽润亮的就是"羊脂玉"。

到了民国时期,天津商人戚春甫、戚光涛兄弟俩也在这里开矿采玉。他们兄弟俩采出来的三分之一是白玉,渐渐地他们的玉矿所采之玉出了名,人们习惯地称之为"戚家坑"。后来,"戚家坑"就成了和田玉的别名。再后来,戚家兄弟衣锦还乡之时把玉矿转给了一个姓杨的商人,人们又叫它为杨家坑。

由于玉矿都在海拔 3500~5000 米的高山上,每年的 11 月到次年的 4 月是大雪封山的季节,采玉人每年 4 月才能进山,面临着高山缺氧和气候变化带来的生命危险。同时,还遭受着缺少蔬菜、生活单调的困扰。更为重要的是看运气的好坏。找玉矿不像找煤矿,选一个点,最少可以开采三五年甚至几十年。而玉矿不同,要一边开采一边找矿。找矿要懂矿,要会看矿脉,知道玉石形成的过程,要懂得什么岩石层里有玉石。开矿是一件极为困难的事,要首先制定爆破方案,熟练爆破技术,取玉时如何使用膨胀剂。当每年的第一声开矿的炮"轰隆"一声响起时,采玉人在心中祈祷,老天保佑能找到玉矿,随后,他们用耙子扒开石渣,仔细地察看有没有玉,如果没有,他们也只好再另换地方了。

开采出来的玉石往山下运输是个自古以来都没有解决的问题,不要说公路,就是人行的羊肠小道也没有,路在悬崖上,在河道的乱石上。开采出来的玉石主要是靠人抬或者肩扛,把玉石转移到地势稍微好一点的地方再用毛驴驮。在运送玉石下山的途中许多人坠崖身亡,玉石之梦破灭,与玉石俱焚,这样的悲剧不断的上演。有这样一句顺口溜:"取玉最难,越三江五湖到昆仑山,千人往,百人返,百人往,十人返"。尽管如此,在美玉和金钱的诱惑下采玉的人们仍然前赴后继,奋

23

勇而来。

拣玉和捞玉

　　绵延几千年来的玉石文化,实际上是人们逐玉而来,采玉、拣玉、捞玉、挖玉、攻玉就这样一步步演变而来。

　　采玉的方法由简单到复杂,由易到难。由一种方法发展到多种方法。最初人们在河边拾起美丽的和田玉,以后又在河流中捞取那卵圆形子玉,之后从河谷中的阶地沙砾中挖出那些早期河流冲积物中的美玉,再沿河追溯继而发现了生长在岩石里的原生玉矿。

　　拣玉和捞玉是古代采玉的主要方法。这种方法就是在河流的河滩和浅水河道中拣玉石、捞玉石。采玉有季节性,主要是秋季和春季。莽莽昆仑山中有许多条河流,河水主要靠山上冰雪融化补给。夏季时气温升高,冰雪融化,河水暴涨,流水汹涌澎湃,这时山上的原生玉矿经风化剥蚀后的玉石碎块由洪水携带奔流而下,到了低山及山前地带因流速骤减,玉石就堆积在河滩和河床中。秋季时气温下降,河水渐落,玉石显露,人们易于发现,这时气温适宜,可以入水,所以秋季成为人们拣玉和捞玉的主要季节。冬天时天气寒冷,河水冻冰,玉石不易发现,也难以拾捞,因此,冬季一般不采玉。到了春季,冰雪融化,玉石复露出,又成为拣玉和捞玉的好季节。这种季节性采玉,古代文献多有记载。如从晋天福三年(938 年)张匡业、高居海出使于田,见到采玉情况。在高居海《行程记》中记述说:"每岁五六月,大水暴涨,则玉随流而下。玉之多寡由水之大小。七八月水退,乃可取。彼人谓之捞玉。"这说的是秋季河中捞玉。清代乾隆皇帝在有关和田玉采玉的诗篇中提到:"于田采玉春复秋,用供王赋输皇;和田捞玉春秋贡"。这说明采玉和贡玉有春秋两季。这种季节性开采,清政府也有规定,如在乾隆二十六年(1761 年)规定,每年春、秋两季在玉龙喀什河和喀拉喀什河采玉两次。乾隆四十八年(1783年)停采春玉,只在秋天采玉。

古代在河中捞玉有一套严格的制度。据高居海在《行程记》中记载:"其国之法,官未采玉,禁人辄至河滨者。"《新五代史》也同样说:"每岁秋水涸,国王捞玉于河,然后得捞玉。"从这些历史文献所知,那时,王公贵族十分珍视和田玉,奉为珍宝。采玉季节开始,要举行采玉仪式,首先于田国国王亲临现场,捞玉于河,然后,才允许国人采玉。这种作法,与中国古代传统的礼仪有关,凡隆重之事,官员要亲自到场。

古代采玉有官采和民采。首先是官采,即在官员监督下,由采玉工人捞玉,所得之玉全部归官。官采也有严格的规定,清代《西域见闻录》中记述了当时捞玉情景,说:"河底大小石错落平铺,玉子杂生其间。采玉之法,远岸官一员守之,近岸官一员守之,派熟练回子或三十人一行,或二十人一行截河并肩,赤脚踏石而步,遇有玉石,回子即脚踏知之,鞠躬拾起,岸上兵击锣一声,官既过朱一点,回子出水,按点索其石子去。"清代福庆在一首诗中有同样的描述:"羌肩铣足列成行,踏水而知美玉藏。一棒锣鸣朱一点,岸波分处缴公堂。"可见,那时捞玉是何等的严格,官兵层层把守,河中的玉石财富,全为官府垄断攫取,当地人民所得到的是奴隶般沉重的差役。

至于民间捞玉,清代前期严禁。为阻止民众自行捞玉,清政府在"和田西城外之东西河共设卡伦12处,专为稽查采玉回民"。直到嘉庆四年(1799年)才开玉禁,规定在官家采玉之后或官家采玉范围之外民采方可进行,人们在白天或晚上分散拣玉或捞玉。

在古代对玉的宗教化观念使采玉蒙上了许多神秘的色彩。

捞玉的方法,如"踏玉"、"月光盛处有美玉"、"阴人召玉"等等。"踏玉"说,认为采玉人在河水中凭脚下感觉,可以分辨出玉和石来。《西域见闻录》中就有此说,如说:"遇有玉石,回子脚踏知之。""月光盛处有美玉"这种说法见于《唐书》等历史文献中,如说:"月光盛处必得美玉","玉璞堆积处,其月色被明"。这是说:在月光之下,子玉特别亮,如见到月光下很光亮的石头,必得美玉。现代有人解释为:因玉多洁白润滑,反射率较大,故显得月色倍明。有经验的拣玉者,辨水中之玉,主要看玉的油脂光泽和色泽。这方法流传至今。

挖　玉

相对而言挖玉是比较笨拙的一种方法,是指离开河床在河谷、干滩、古河道和山洪冲积扇上的砾石层中挖寻玉。这些地方的玉也是由洪水冲来的,被沙土覆盖。由于挖玉付出的劳动很艰巨,长时间局限在很小的范围里,获取率很低,不如拣玉效果明显,因此从事挖玉的人不多,只有当某地已经有了出玉的可靠消息,而且大有希望的时候才会吸引人们去挖玉。

玉龙喀什河东岸,洛浦县吉牙乡的古马特是著名的挖玉地点,过去曾被称为胡麻地。其地挖玉的最早时间不详,到清代乾隆年间已在此采贡玉。乾隆二十四年(1759年),清政府在和田设有辩事大臣,和田城设三品阿奇木伯克,以加强统治,收罗贡玉。那时,和田采玉充贡,岁有常例。此地因产羊脂玉,所以,采玉人不少。清代诗人肖雄记载,大、小骡马地"两地产枣红皮脂玉,在沙滩中掘取,当是生长其间者。"谢彬于1916年到和田,在《新疆游记》说:"小胡麻地,前清于此采贡玉,居民迁千余户"。到了晚清,贡玉停止,采玉由民间自行开采。洛浦县设立于清光绪二十八年(1902年),该县主簿扬丕灼在《洛浦县乡土志》中记述了胡麻地采玉情景:"那时挖玉者甚众,小胡麻地在县北三十里,尽砂碛,因出子玉、璞,寻挖者众,沿沙阜有泉,起房屋,植树木,以便客民寓居之所","任人挖寻,不取课税"。

如今,胡麻地采玉的干河谷宽500~800米,自西南向东北蜿蜒。河谷中全是沙砾,四周卵石散乱堆砌,是过去挖玉人留下的遗迹。在河谷两旁由于引水灌溉,已经成了大片的绿洲和林带。过去挖玉之盛况已被农业所替代,当地居民仅知道这里过去挖过玉。

玉龙喀什河畔的拾玉人

是缘于对玉石文化的仰慕我于 8 月中旬到达和田。兵团农十四师宣传部长告诉我这是最好的拾玉季节,你可以到玉龙喀什河采访到拾玉人。

在和田,老百姓沿河拾玉已有数千年的传统,人们主要是在河道中拾取流水冲刷暴露出来的子玉。

玉龙喀什河,自古出产白玉、青玉、墨玉,尤其盛产羊脂玉,是和田地区出玉的主要河流。这条河源于莽莽昆仑山,流入塔里木盆地,与喀拉喀什河汇合成和田河,河长 513 千米。地质学家认为,是昆仑山融化的积雪,把玉石带入河床的。玉龙喀什河大桥离和田市区仅两三千米。每年夏秋洪水过后,河道旁拾玉人的队伍最多能聚集上千人。不少沿河居民也利用茶余饭后的时间,在河床上边散步边找玉。拾玉人往往光着脚,手执木棍铁铲,弯着腰,沿河在卵石滩上漫步前行,一旦有发现,不管是什么颜色的玉,一律刨出,塞入口袋。邻近路过的行人见此情景,也都跃跃欲试,挽起裤腿,走进河床,企求拾到子玉。

拾子玉就是在河道中拾取流水携带和冲刷暴露出来的子玉。在昆仑山北麓,凡上游有玉矿,中下游就可以找到子玉。从人类在昆仑山北麓定居至今,从河道中拾玉已有传统和经验,大家皆知河中产玉,也认识玉。邻近和田两大河的常住户,家家都有子玉就可以证明。现代没有拾玉的专业团体和组织,也不像古代要缴纳拾玉的税金,所以拾玉是分散而自由的进行的。拾玉既有专门从事者,也有随机者。凡邻近和路遇玉河的人,谁都跃跃欲试。

一路上,大约宽 800 米的河床上,早有三三两两的维吾尔族人结伴采玉。听他们讲,在这个季节,夜间河道里洪水大,天亮时洪水退后,容易在河床中找到被洪水翻起的玉石。选择拾玉的地点和行进的方向还非常有讲究。他们找玉的地点多在河流内侧的石滩,河道由窄变宽处,以及河心沙石滩上方的外缘。这些都是水流由急变缓的地方,有利于玉石停留。行进的方向最好顺着水流,视线便于发现卵石中的玉石。但最主要的要随太阳方位而变换方向,一般要背向太阳眼睛才不受阳光的刺激而又能较清楚的判明卵石的光泽与颜色。鉴于昆仑山北坡河流的流向主体上自南而北,所以,自上流而下最佳的拾玉时间是上午。但在河流流向变化的地方或阴天,则又另当别论。

拾玉人大多是维吾尔族老乡,头戴八角小花帽,个个皮肤晒得黝黑,腰里挂的除了铁钩,就是干馕。"卡什塔石巴吗?"(维吾尔语,意为玉石有吗)我们跟河道旁正在采玉的四五位老乡打招呼。他们中的一两个人立即从口袋里掏出几块形状各异的小玉石,让我们欣赏。在河里拾到的子玉,块头都不大,大的仅同拇指般大小,小的跟黄豆差不多,而且多为青玉或青白玉。如果能拾到拳头大小的玉石,尤其是白玉或羊脂玉,那是非常难得的。拾玉的老乡常说:"玉遇有缘人。"拾子玉就像大海捞针,要凭运气。

拾玉人的临时住所,俗称石窝子。在河道的卵石堆上斜着挖出一人多深、大约十多平方米的大石坑,然后用木条、席子、塑料布以及卵石封盖压实。石窝子内,柴米油盐一应俱全,还有个木板支起的大通铺。每到做饭时分,乱石滩上炊烟四起,俨然一个"采玉村"。

现如今的常年拾玉人,已发展到使用挖坑采玉的方法:在河床上挖出三四米深的大石坑,七八个人齐上阵,有人挖石头,有人运石头,还有人蹲在一旁瞧石头,检查是否有玉石。在这些采玉人的石坑旁,总会立着一根木棍作为标记,以防他们去吃饭时石坑被别人占领。

最惊人的一幕,出现在我们快要到玉河渠首的两千米处。只听推土机、挖掘机轰轰作响,一两亩范围的土石坑内尘土飞扬,不少维吾尔族老乡都蹲在里面扒拉石头。老乡告诉我们,他们都是有钱的老板雇来的,老板供给他们饮食,开采出的所有玉石都要卖给老板。工人们用推土机先将河滩上厚达三四米深的沙土层推开,露出下面的卵石层,再用挖掘机在卵石层上挖坑采玉。但问起有什么收获时,他们却摇着头讲:"已经两个月了,还没见到一块白玉。"

随机碰到运气的拾玉者,没有条件讲究,只在有机会临玉河时,放慢速度,运足目光,格外仔细地去捕捉有玉石表象特征的信息。他们往往只注意白色石头,常被石英质砾石所愚弄,先欢快后遗憾,若真正发现玉石则欢欣若狂,大喜过望,给下次拾玉又积聚了力量。从玉石收购情况看,一般偶然得玉的产量占子玉总产量不到十分之一。但是偶尔拾玉者有时能获得很好的白玉,这大约是因为他们特别注意白玉的缘故。河流中下游的子玉块度都不大,多在 0.2~1.5 千克之间,其中小于 0.5 千克者约占 30%,仅有少数可达 3~5 千克。小块玉亦可随形施艺,雕琢零碎活。

在河流上游可以拾到大块度的子玉,但能用作玉雕的料较少,大部分是重几十千克至上百千克的模料玉。这些玉砾质次色深,结构粗糙,呈暗灰绿色,斑杂不一,有较多细小脉穿插,不能碾琢工艺品,但仍坚韧耐磨,可用做工业上的模具。其产量都超过中游拾得的子玉。

为了收购群众拾得的子玉,于田等地段设有玉石收购站,收购的范围东有且末县、民丰县、于田县、策勒县;西有莎车县、叶城县、墨玉县及和田县。现代出玉的河流十几条,但以大河为主。主要有叶尔羌河、喀拉喀什河、玉龙喀什河等。每年收购的数量还是以喀拉喀什河与玉龙喀什河居多,约占 90%~95%。

流经和田的两条大河每年拾到的子玉玉琢料不下 10 吨。其中工艺用白玉 0.5~1 吨,占 5%~10%;青玉占 80%~90%;还有少量碧玉。每年拾到的玉模料为 30~40 吨，其中和田玉的青玉及斑杂玉占 60%~70%，其余为蛇纹岩型软玉——粗位结构的碧玉。这一资料说明，昆仑山既有和田玉，亦有碧玉，而以产和田玉为主。和田玉中以青玉为主，白玉占的比例很小。一些人以为和田玉就是白玉，厂家收购和田玉时只想要白玉，这是不现实的。收购站收购的玉有玉琢料和模料，子玉大部分用以琢磨工艺品，其余在工业上用作模具。

现代拾玉的季节是自夏至秋。一般在河的上游是夏季至初秋，仲秋则河水开始结冰，逐渐封满河床。河流中下游自初夏至秋末均可拾玉。初夏时前山积雪消融，每日上午洪水到来之前，前一天的洪水消退就可拾玉；夏季洪水到来晚，每天中午时节可以拾玉；秋季则可整日拾玉。因此一年之中拾玉的最好季节是在秋季，这和古代拣玉的季节一致。以和田两大河为例，河水受季节影响很大，夏季三个月拥有年径流的 70%~80%，秋季骤减至 10% 左右。秋季水小，河心滩暴露，部分河床也干涸，气候也不热不冷，正是拾玉的好季节。

和田的两条大河历来是拾玉的主要河流，是世界上有名的玉河。我们从地形图上或卫星照片上都清楚看到只有两大河流，即玉龙喀什河和喀拉喀什河。当然，这两大河流也与其他许多大河一样有不少支流。这两大河均源于昆仑山，昆仑山为产玉之地，河中自然有玉。

喀拉喀什河，古称墨玉河，河边的县城墨玉即以此得名。但是，这条以产墨玉驰名的墨玉河，今天却不见有墨玉。为什么历史上又叫墨玉河呢？原来这河中产有大量碧玉，这种玉石呈绿色，风化后外表漆黑，油光放亮，倘若墨玉。碧玉矿物成分与和田玉相同，化学成分也很相近，属软玉。但其成因与超基性岩有关，与和田玉不同。因此，古代有人把碧玉误称墨玉。但同时也有人称为绿玉，这正和明代科学家宋应星所说一样。因此，我们认为，古代的绿玉河、乌玉河实为一条大河，即喀拉喀什河，这条河不仅产碧玉，也产白玉。在它的上游有几处和田玉原生矿床,在它的中下游也可以常拾到白玉。除此以外,这条河下游还产沙金和金刚石。从 20 世纪 40 年代发现金刚石以后,今年又陆续在淘沙金时找到几颗金刚石。所以,喀拉喀什河是一条淌金、流玉、藏钻的宝河。

玉龙喀什河,即古代著名的白玉河。这条河源于莽莽昆仑山。流入塔里木盆地后,与喀拉喀什河汇和成和田河,河流长 325 千米,有不少支流,流域面积 1.45 万平方千米。河里盛产白玉、青玉和墨玉,自古以来是和田出玉的主要河流。人们拣玉主要在中游,而上游因地势险恶,很难到达。黑山地区发现白玉后,给找玉人带来新的希望,人们冒险前往。黑山,即古称之喀朗圭塔克,其山是昆仑山之主峰之一,高峰达 7562 米,崇山峻岭,冰雪覆盖。产玉地点为阿格居改山谷,此为玉龙喀什河支流之一,距喀什塔什乡里山大队约三十多千米,部分河段冰积物广布,山坡崩塌,巨砾遍布,只有徒步到达,雪线以上冰川遍布,海拔高 5000 米以上,相对高 600~1000 米。冰川的冰舌前缘部位,因冰川下移至雪线附近逐渐融化常常发现自上源携带的和田玉砾。冰川的舌部高达数十米至百余米,晴日不断裂解崩落,伴随着雷鸣般的巨声,漂砾与冰块滚泻而下,落入河中,故在冰河之下也可以找到美玉。雪融水每日有一次洪水,洪水把巨大的冰块沿河冲向下方,这些冰块及冰层融化后也露出玉砾。产出的玉石有白玉和墨玉。近十余年来发现的两块大白玉就在冰积垄中。正是这种美玉吸引了不畏艰难的探宝者,他们在雪山找玉,在高山河谷中探宝。此处出玉引起地质工作者的兴趣,多次深入玉龙喀什河上游支流的诸冰川谷调查,见有白云石大理岩与花岗岩的接触蚀变带,在山麓坡积物中可见有白玉。可惜是,基岩露头在冰山之上,四周为冰川覆盖,人们可望而不可及。地质学家认为,此地区应有原生和田玉矿床,是玉龙喀什河中子玉的主要来源之一。

揭开喀纳斯"湖怪"之谜

打开中国地图,在我国的最西北角,距乌鲁木齐 1000 千米的地方有一个月牙形的湖泊——喀纳斯湖。几个世纪以来这里一直流传着关于"湖怪"的传说,直到 20 世纪 80 年代才被中国科学院新疆分院生态地理研究所研究员袁国映揭示给人类。因为"湖怪"的传说,这里的旅游一年比一年热。

"喀纳斯"是蒙古语"美丽而又神秘的地方"的意思。其地理位置位于阿尔泰山深处,至今还保持着原始的自然风貌。联合国一位官员称这里是"世界上仅存的未受人类破坏和污染的风景秀丽的自然净土"。喀纳斯湖是国家 AAAA 级旅游景点。2002 年喀纳斯湖被我国申报为世界文化与自然"双遗产"保护景点。

"喀纳斯湖"位于布尔津县北部的 150 千米处,湖面状如弯月,海拔 1374 米,湖长 25 千米,宽 1.6~2.9 千米,面积 4478 平方千米,最深处为 188 米,是新疆最深的湖泊。喀纳斯湖面会随着季节和天气的变化而时时变换颜色,是有名的"变色湖"。湖周重峦叠嶂,湖光山色,美不胜收。这里是我国惟一的西伯利亚区系动植物分布区,生长着西伯利亚的落叶松、红松、云杉、冷杉等珍贵树种,有鸟类 117 种、兽类

39 种、昆虫类 300 多种、湖中鱼类 8 种。

美丽静谧的月亮湾是喀纳斯的主要景点之一。月亮湾会随喀纳斯湖水的变化而变化，是镶嵌在喀纳斯河上的一颗明珠，在河边的拐弯处有两个浅滩极像两个大脚丫子，传说是嫦娥奔月时留下的一对光脚印。

喀纳斯湖有几大奇观，一是湖中有巨型"湖怪"，会将在湖边饮水的牛马拖入水中，给喀纳斯平添了几分神秘；二是千米枯木长堤，这是喀纳斯湖中的浮木被强劲的谷风吹浮，逆水上漂在湖上游堆积而成的；三是雨过天晴时才有的"峨眉绝景——云海佛光"。在纷至沓来的游客的心中喀纳斯那一个个不解的谜是他们慕名而来的缘由，其实包括作者在内又何尝不是呢？

喀纳斯湖之谜

在 7~6.5 亿年前的古生代，阿尔泰山还是个被水浸没的地槽带，沉积了从准噶尔盆地带来的物质，形成了花岗片麻岩、石英云母岩和片麻岩等地层。以后部分地区有些抬高，露出了海面。到 4.7~4.2 亿年前的奥陶纪和志留纪，阿尔泰山地槽带又广泛下沉，在水下沉积了巨厚的石英砂岩和石英岩，并加有千枚岩和泥质片岩等岩石层。

喀纳斯湖的两岸，山头的岩层主要是这个时代形成的，在观鱼亭的骆驼山，主要由淡蓝色发光的钱枚板岩组成，部分旅游小道就是用它修的石阶。

此后的加里东造山活动，使这些沉积物强烈变质，并形成西北东南向紧密线状的山体。在这期间，海西宁运动对阿尔泰山的影响十分剧烈，使山体受到主要有两期大规模花岗岩侵入活动，沉积岩进一步变质硬化。多次火山岩活动，使这里形成了大量的稀有金属：铍、锂、钽、铌及金、银、铜等，以及宝石矿床，就造成了阿尔泰山——"金山"名副其实的基础。阿尔泰山沟里有黄金,可可托海有与南非对称形成了世界独一无二的草帽状稀有金属宝石矿床,草帽状直径达数千米,实属罕见。

到了第四纪,300万年前以来的新构造运动,使阿尔泰山进一步上升和断裂,特别以喀纳斯湖一带的西部地区上升最为强烈。但相对于天山和昆仑山,上升幅度则不大。同一时期喀纳斯谷地进一步下切,两侧上升到300米以上的准平原面变形并强烈剥蚀,基本形成了现在的大地地貌状态。在此基础上,第四纪以来的4次冰川活动,进一步雕琢了阿尔泰山高海拔区的地貌形态,形成了今日的喀纳斯湖和湖周地区千奇百怪的地貌形态。

喀纳斯湖位于喀纳斯河的中段,湖面海拔1374米,湖长25千米,宽1.6~2.9千米,最深达188米。

在喀纳斯湖东北角是阿尔泰山的主峰,海拔4374.5米的友谊峰。喀纳斯冰川像一条张牙舞爪的玉龙,从雪山上直泻而下,蜿蜒11千米,是喀纳斯湖的主要源头,在盛夏冰雪迅速消融,湖口的水流量每秒可达45立方米,湖边沼生植物生长茂密,使整个湖岸带成为鱼类和水禽产卵繁殖的理想场所。每年七八月份,近岸的湖水中,小鱼聚集如云,使湖水为之变色,一脸盆可以舀起百条。更有趣的是随着季节和阴晴晨昏的变化,喀纳斯湖的水色也有着规律性的变化:若从山头望去,晴天它是深深的蓝色,如有几片白云从空中飘过,湖中却显出粉红色的倒影;在阴天,白云的倒影又呈灰绿色;若在夏季晴朗的炎热天,延至8月初至9月,此时的喀纳斯湖水又逐渐变为略带蓝绿的乳白色,这是由于上游冰川强烈融化,随冰川水带来大量乳白色粉状冰碛风化物所致;到了12月湖面封冻季节,喀纳斯湖则是一片水晶般的银色世界,蒙古族图瓦牧民就驾着畜生,拖着爬犁在冰面上来来往往,运输十分方便。

这里有一个美丽的传说

1980 年,新疆维吾尔自治区人民政府批准建立了喀纳斯、天池等5 个自然保护区,从而填补了新疆没有自然保护区的空白。为了弄清喀纳斯综合自然景观保护区的生态环境和动植物状况,在自治区科学技术委员会支持下由自治区环境保护局和林业厅负责组织了中国科学院新疆分院、新疆环保所以及新疆大学、八一农学院(现新疆农业大学)及水产局的科技研究人员和师生,组成了近一百五十人的"喀纳斯自然保护区综合科学考察队"。新疆环境科学院研究员袁国映是成员之一,这支考察队于 1980 年 6 月初,乘卡车从布尔津县向喀纳斯湖挺进。由于当时只有便道,加之途中遇雨,道路十分艰难,中途受阻,若不是人多,大家用长绳牵引,一辆后勤卡车差点翻下山崖。整整走了两天,第二天天黑之前才来到雾中的喀纳斯湖畔。这里是我国仅有的西伯利亚动植物区系分布区的心脏地带。喀纳斯湖被群山脚下的西伯利亚云杉、落叶松及杨树、桦树等针阔叶树木构成的密林围抱着,深绿色的湖水宛如一块碧玉。环绕在山腰的云雾和被冰雪覆盖的山峰倒映在湖面上,景色十分绮丽。他们安营扎寨,晚上在帐篷中听着湖口河水巨石滚动的隆隆声、山谷中野生动物的吼叫声,以及暴雨打在帐篷上小鼓似的雨点声,使人仿佛进入了神话仙界。

在湖南岸的喀纳斯村,居住着数十户蒙古族图瓦人,在那里他们第一次听到关于喀纳斯湖怪的传说。在很久很久以前,有一个牧民把十几匹马赶到喀纳斯湖边放牧。那天的天气非常好,太阳暖洋洋地照着,十几匹马或香甜地嚼着青草,或跑到湖边饮水。牧人躺在离湖边较远的一片草地上,在醉人的芳香中慢慢进入了梦乡,可等牧人醒来时,马群却不见了。牧人的心里立刻紧张起来,他急忙跑到湖边一看,眼前的情景让他惊呆了,只见湖边的水被染成一片血红色,岸边遗留着一些杂乱的马蹄印。惊恐中，牧人再也不敢在湖边久留，急匆匆地跑回了家。

后来，两个技高胆大的猎人带着猎枪潜伏到了喀纳斯湖边的草丛中，想看看湖中到底有什么怪物。两人守候不久，只见几条红色的巨大鱼形怪物出现了。虽然只有几条，却把湖水搅得波浪滔天，满眼都是一片眩目的红光。其中一个猎人举枪向离岸最近的一条怪物扣动了扳机，随着"砰"的一声枪响，那几条巨型红鱼怪突然不见了踪迹，湖面上随即掀起了狂潮大波、惊涛骇浪，雾气弥漫。过了一会儿，风平浪静了，却不见了这两个惊慌失措的猎人的踪影。有人说，一个俄罗斯人曾在湖里捉到一条大鱼，切成小块之后，40匹马也没有驮完。还有人说，有一次发生地震，有一牧人听到湖面隆隆作响，跑到湖边，看到湖中波涛汹涌，有巨型怪物跃出水面，吓得他撒腿就跑。

针对这些传说，他们向村里老人求证，但令人百思不得其解的是，大多数老人都对此保持沉默，不愿开口。

既然没有真凭实据，他们就把这些传闻当作无稽之谈。

我看到了"湖怪"

1985年7月下旬，袁国映带领的新疆环境保护科学研究所阿尔泰山森林生态科学考察队，从青河出发，由东向西经过了一个多月山地森林考察，又一次来到位于阿尔泰山西部的喀纳斯湖畔。在营地，由新疆大学生物系向礼陔教授带领的保护区规划考察队，他们兴奋地告诉大家："昨天在湖中发现了巨型鱼，最大的鱼头有212小汽车那样大。"

袁国映听了不以为然，因为1980年他们一行一百五十多人在此地考察了近两个多月，几乎爬遍湖周围所有的山头，水产组则用大网在湖中捕捞，但并未发现在湖中有什么大鱼的影子。

第二天,7月23日,天气晴朗,袁国映一行驱车向湖西的哈拉开特山峰挺进。这座山峰汉语叫骆驼峰,海拔2030米,他们向山峰攀登。为了开展旅游,布尔津县刚在山顶建成一座八角亭,红柱绿顶,给喀纳斯湖增添了一景。到亭中俯首下望,湖面一平如镜,与山顶高差达660米。忽然,在蓝绿色的湖面上,袁国映发现有几个红褐色蝌蚪状团点,零星散布在近山脚的湖水中。袁国映猜想,这些可能是湖面红褐色的浮游生物或藻类植物团,因为不少湖泊都有这种东西。

"是大鱼!"一个手拿望远镜的同伴大声喊起来!袁国映急忙接过望远镜,果然不错,那些巨大的鱼头浮现在水面,巨型的圆形鱼眼十分清晰,嘴呼吸时形成的水波一圈圈向外扩张放大,尾部没入深水中,还有的露出一点脊背。它们在缓缓移动,鱼逐渐增多,东一条,西一条,相距数十到百米分散在湖面上。到12点整,所见大鱼总数有五六十条。据目测,鱼体红褐色,最大的鱼头宽一米多,鱼体长十米以上。这样大的鱼在国内外的河流和湖泊中还从未听说过,袁国映便拍下了这珍贵的镜头,并录了相。

当时为什么五六十条鱼都集中在湖的南端,并出现在骆驼山的观鱼亭下?袁国映想可能与新疆大学地理系徐金发老师带的几个学生在湖的北部测量湖深有关,鱼都被惊吓赶到了南端,加之北岸还有木船划动,这些鱼就都到了亭下2/3的水面。在远处,袁国映看到也有一片片较大的粉红色影子在动,开始还以为是小大红鱼鱼群,经仔细观察后才看出是云彩的影子。下午3点钟他们下山后,原先留在营地的人又去山顶观察,发现还有3~5条大鱼出现在水面。第二天,他们徒步穿越湖边的原始森林,花了半天的时间,才十分艰难的来到湖边,想近距离拍一些清晰的照片,但什么也没拍着,令他们大失所望。

从海拔2030米的骆驼峰顶的观鱼亭,观察到湖面巨型鱼的距离长度在1.1~1.8千米之间。在1985年,看到巨型鱼的时候,由于在湖面找不到能测量鱼体的物体,袁国映在摄影和录像中便把湖边的大树拍于同一画面,以作为比例探讨它们的长度。由于树近而鱼远,数百米的差距也存在把鱼体缩小的视觉差异,还由于这些鱼的头有的大,有的小,本身也有很大差异。因而当时看到的巨型鱼的人对巨型鱼到底有多大争论不一。可从鱼头的宽度推断鱼体全身的长度,偶尔也可看得到露出一部分脊背的长身影。但不少人认为最大的那条长度可达15米,甚至更多。《新疆日报》就登载过认为"有两辆公共汽车长,约15米"的文章。

由于是对比估算,没有可靠的数据长度,那天,为了在近处观察大红鱼,袁国映在十分艰难的原始森林及沼泽地中穿行了四个小时左右来到人迹罕至的地方,那里是大红鱼经常出现的水域。袁国映在附近观察了8个小时。只见水面白茫茫的一片,没有看到大红鱼的出现。但是,我看到湖边的树木,高约15米,树冠2~4米不等,多是云杉和红松。袁国映不敢肯定最大的鱼就有15米,为了稳妥和科学,袁国映回来后查阅了大量的有关资料向外界介绍:"最长的在10米以上,重量在5吨以上。"

长度虽然公布出去了,但是,袁国映心中还是没有底,因为,那毕竟是在湖边估算的结果。后来,袁国映与新疆大学的老师黄人鑫、向礼陔决定钓一条大红鱼出来,进行研究,因为动物界搞研究必须要标本。但是,要捉到活的大红鱼并非是一件容易的事。他们事先在布尔津县的一个铁匠那里用1.61厘米粗的钢筋打造了两个直径约20厘米的巨大钓钩,在铁钩上挂了两条羊腿,用了2.89米长的树干作浮标,又用了长长的尼龙绳连在岸边的大树上,在湖中垂钓。可是连续三天不见巨鱼上钩。大家分析有可能是大鱼不食死的食物,于是又换上活鸭,但是,还是不上钩。在我们垂钓的过程中,观察到一条中等的"巨鱼"在浮标旁游过,其体长是浮标的3倍以上。

也就是说，有明显的比例作证，中型巨鱼的长度为8~9米。那么最大的鱼在10米以上也就得到了佐证。

袁国映在1999年进行喀纳斯风景区环境影响评价调查时，见到了那位当时驾驶快艇的哈萨克族驾驶员别克，他对袁国映说："相距很近，一共看到了7~8条，有7~8米长的大红鱼，每条有两个巡洋舰汽车长！"

由于是近距离，那他看到估计的大小误差就不会大，既然有7~8米长的中型大红鱼，那最大的10米以上就没有问题了。

2004年5月28日，袁国映又一次来到喀纳斯湖，那天上午11时许，是袁国映研究湖怪之谜以来最幸运的一次。那天天气特别的好，袁国映站在湖边放眼望去，突然发现在太阳的反光下，从湖的北岸几乎延长到了湖湾的南岸隆起了几十米黑色发亮的脊梁，就是大红鱼用脊背连接而成的。每条鱼有岸边的2~3棵树长，可见鱼体的长度使人难以相信，大得使人惊奇。由于湖边的树是垂直的，而鱼体是平行水面的，袁国映估算其长度每条均在十多米，是一群等大的偏中型的巨型大红鱼。由于它们近似长，所以那十多条鱼敢在一起群聚，而不担心被对方吃掉，更大的巨型鱼一般单独活动，多在深水中，不会游到这浅湾中来！

袁国映的朋友姚和江他们看到了近湖北岸一条巨鱼有大游艇的长度，达15~16米。有实物就近对比，袁国映认为误差不会太大。

王正在1995年用望远镜观察到了一群鱼，看到中型游艇在望远镜中占了一个格，而巨型鱼却占了一个半格，估算为13.5米。他们当时估量游艇为9米，但以后也量过约为10米。

由于有实物估算，袁国映认为最大的巨型鱼在15米以上，估计重量有十多吨。因单独活动的位于金字塔顶端的几条巨型鱼行动更为诡异，在深水中很少露出，更难以见到。

以上数据毕竟是观察估算。在喀纳斯湖中最大的巨型鱼到底有多大？还有待进一步探索研究。

湖怪就是哲罗鲑

在喀纳斯湖中已知有哲罗鲑、细鳞鲑、江鳕、北极茴鱼、阿勒泰真罗鲑等8种鱼类。根据目击到的这些鱼的形态特征判断，巨型鱼只能是哲罗鲑。因其他鱼都长不到1米以上。在20世纪50年代，有人曾在该湖捕到过50千克重的哲罗鲑。1984年夏天，在下游不远的小湖中还叉到过一条38千克的哲罗鲑。因此，认为只有哲罗鲑才可能长这样大。

哲罗鲑属鲱形目鲑科鱼类，在阿勒泰俗称大红鱼。哲罗鲑属：鲑形目鲑亚目鲑科的1属。"哲罗"为满族语。此鱼体形长，稍侧扁，头部平扁。口端位，口裂大，上下颌与舌均有向内倾斜的齿，犁骨柄无齿，犁骨头上的齿纹与腭骨齿接触。鳞小，脂鳍发达。体背部苍青色，腹部银白，头部和体侧有多数密集如十字状的暗黑色小斑点。产卵期雌雄体全显示出婚姻色，雄鱼更为明显，体背部深褐色，老鱼褐色发红，成年鱼在繁殖季节体色均发红，故名"大红鱼"。小鱼体侧有6~10条较宽的暗色横带，老鱼消失。鱼体被鳞片很小，呈三角形，有各种颜色的光泽，烹饪时可以不刮。脊背上有两背鳍，前鳍大后鳍小，叫脂鳍。哲罗鲑属北方山地冷水性淡水鱼类，喜居于水温低而水质清澈的河流和湖泊中，为凶猛的冷水性纯淡水鱼类，终年绝大部分时间栖息在低温水流湍急的溪流里，冬季因受水位影响，在结冰前逐渐向大江或附近较深的水体里移动寻找适于越冬的场所。春季开江后，因江水温度升高，即开始溯河游向清冷的山间支流。冬季仍摄食，食物以鱼类为主，也吃蛇、蛙、啮齿类和水鸭子等，生殖期停止摄食。

每年春季性腺开始成熟，成群游到水流湍急、清澈，底质为砂砾的小河流里产卵。产卵亲鱼婚姻色鲜明。哲罗鲑的产卵期在 5 月份,水温在 5℃～10℃左右。产卵时亲鱼在产卵场上来回游动,用尾鳍摆动借助水流冲开河底的砂砾和石子,使其成为低陷的窝穴,卵粒产入其中,然后再盖以砂石,有埋卵和保护孵化的习性。怀卵量为 1～3 万粒,冬龄鱼体长达到 400～500 毫米性成熟。生长较慢,最长可达 2米,重 50 千克以上。

巨型鱼的发现,当时轰动了国内外,我国知名的鱼类学家和新疆的鱼类专家都不相信能有这样大的鱼。但国外有十几个国际组织与新疆环科所和其他部门联系,提出愿意出资合作进行研究。可是因喀纳斯地区当时对外不开放而作罢。

中国科学院动物研究所在外方资助下,计划对大红鱼进行研究。著名鱼类学家李思忠研究员在乌鲁木齐看了袁国映拍的照片和录象后,仍怀疑那些大黑点,而认为是一群群小鱼。

"如果确实是一条鱼,即使 3~5 米长也是世界之最!"

看起来鱼大得使他实在不敢相信,但他也说出了科学结论——这是世界之最!

走进阿尔金山野生动物的家园

一

8月8日,因为要去阿尔金山,我们就早早的起来作准备,新疆生产建设兵团农二师36团副政委赵建新一再告诉大家,山上缺氧,身体差的同志最好不要去。可是大家精神都很饱满,临出发了谁还有不去之理?

阿尔金山自然保护区与青海的可可西里自然保护区接壤,它的南面和东面是苍莽的昆仑山。阿尔金山自然保护区始建于1983年5月,保护区面积占当时我国自然保护区总面积的27.6%,是迄今国内最大的自然保护区。保护区内现有野生动物359种,其中国家一类保护动物藏羚羊、藏野驴、野牦牛等12种,二类保护动物如黄羊等17种,高寒植物267种,分30个科83属。

山路路况很差,几十千米路段在阿吾拉孜沟里穿行,先是要越过沙子达坂,沟两边是百米高的细沙子堆积起来的悬崖,每时每刻都有塌陷下来的可能。这种沙子达坂的壮观也让我们大开眼界,一层层的细沙层像树的年轮,又像叠放在一起的大锅盔,上下几乎是垂直的。

过了沙子达坂便是有名的石头沟了,由于前天刚刚发过一次山洪,原来垫的沙土已不存在了,越野车只能在石头上跳行,四十多千米的路竟然走了三个多小时。等过了沟进入山野、谷地时,海拔高度已经在 3500 米以上了,由于高山缺氧,大家开始感觉到胸闷、耳鸣、太阳穴处鼓胀。

进入山上的平地时,大约有十几只鹅喉羚时儿奔跑时儿驻足观望着,算是向我们致欢迎礼,这给有高山反应的我们注射了一针兴奋剂。

我们大约又行驶了半小时后,七八只藏野驴突然从远处向我们奔来,跑至距我们的汽车四五米远的地方开始与我们的车并行,可越跑越快,直至超过我们的车,当它们超过时稍做停留。似乎想靠近我们,和我们近一步亲近。

赵建新副政委告诉我们藏野驴对人类很亲近。我望着远山上洁白的云和洁白的雪峰,一种莫明的感动涌上心头,我们和它们拥有一个共同的家园,事实上是我们打破了它们的宁静,以国家一级保护动物藏羚羊为例,由于近年来保护力度的加大和人类保护野生动物意识的加强,藏羚羊已上升至五万只左右。

二

近几个世纪以来,巴基斯坦人和印度人把一种叫"沙图什"的精美披肩视为稀世珍品,进行佩戴和收藏。这种披肩保暖性很强,据说鸟蛋放在里面可以孵出小鸟。披肩质地柔软,一块很大的披肩可以从一枚戒指中轻松穿过,所以在西方国家又被称为"戒指披肩"。

到了 20 世纪初期,"沙图什"披肩在西方成了身份、财富和地位的象征。一条"沙图什"价值最高时可达 7 万美元,被称为"软黄金"。然而,这些"沙图什"是什么材料做的鲜为人知。20 世纪 90 年代初有蹄类动物研究专家美国人乔知·夏勒博士,向世界公开了他的研究成果:"沙图什"披肩的原料产自中国,是藏羚羊的绒毛。因为藏羚羊生活在 4500 米的高寒地带,它的毛柔软、轻便,具有极强的保暖性,因此它又被称为"绒中之王"。

一些不法分子将偷猎来的藏羚羊皮通过尼泊尔偷运到巴基斯坦或印度,由那里技艺高超的工匠们加工成披肩或头巾。一条"沙图什"披肩需要牺牲 3~5 只藏羚羊的生命。

藏羚羊是一种性情温顺、非常可爱的珍贵野生动物。除了在尼泊尔有少量分布外,主要生活在我国的三大自然保护区,即阿尔金山、羌塘和可可西里。

藏羚羊极其聪明,但胆子却很小。在世界上绝大多数动物都不能够生存的恶劣环境中,它们自由自在的生息繁衍,每年的夏季它们则到雪山深处避暑,冬季来临了它们才到有水草的地方觅食。藏羚羊的心脏比普通羊的心脏大得多,占到自身体重的 3% 以上,血液中红血球含量很高,携氧量也比其它陆地上的动物大得多。藏羚羊的前肢下面有两个拳头大小的洞,当它奔跑时辅助呼吸。这就是为什么人在海拔 5000 米的地方已经缺了一半的氧,躺着都很困难,而藏羚羊却能持续以 60~80 千米的时速奔跑的主要原因。

三

到达若羌县公安局设在依吞布拉克镇的祁曼公安分局时,已是下午了。这个公安分局实际上仅有两个派出所,全部阵容仅有 8 名民警,分局和派出所在一所破旧的房子里联合办公。据分局局长阚永峰说,整个依吞布拉克镇居民不过百户,附近居住着的大部分是 36 团石棉矿和青海茫崖石棉矿的工人。

"风吹石头跑,地上不长草,氧气吃不饱"是民警们的顺口溜,也是这里的真实写照。阚永峰局长说:一个刚上山工作的民警在山上工作,几个月后,下山后看到了青草绿树就开始哭了,可干起工作来,宁肯流血都不流泪。阚永峰局长在山上工作十几年了,民警轮换了三四批了,可他仍然在这里工作着,守护着这片野生动物的乐园。

他很自豪地说,如今听不到盗猎分子的枪声了,听到的是更多藏羚羊、藏野驴、野牦牛自由奔放的鸣叫声,他说他曾无数次地倾听着它们的叫声,这种声音是世界上最美妙的音乐,如天籁之音。

四

1992 年 12 月,民警卡哈尔随阿尔金山自然保护区的工作人员一行 5 人驾驶着一辆越野车进入保护区东部与青海接壤的一个山谷。进入山谷后大家被眼前的一幕惊呆了:草地上晾晒着一片血淋淋的藏羚羊皮,不远处扔着成堆的藏羚羊头及躯体,一股浓浓的血腥味在高原纯净的空气中飘荡。旁边扎了好几顶帐篷,5 辆"北京 212"吉普车和 3 辆"东风"卡车无序地停放在那里。卡哈尔工作了这么多年第一次见到这种血腥的场面。

听到有车的声音,帐篷内冲出了十几个蓬头垢面的人,有的人手中拿着木棒,有的人手中拿着枪。卡哈尔怒气冲冲地责问:"你们为何私自闯入保护区滥杀野生动物,这是犯罪懂吗?"

"犯个屁,你能把老子咋样? 这是哦(我)们青海的地盘你管得着吗?"

一个头目模样的家伙骄横地冲卡哈尔嚷嚷。

他说着举起了手中的枪叫嚣着。在僵持中,这十几个分别来自甘肃和青海的盗猎者逐渐向卡哈尔等 5 人围了过来,形成了合围之势。卡哈尔劈手夺过了盗猎者手中的枪,子弹已上了膛,卡哈尔灵机一动朝天鸣枪示警,可是这伙人根本不把卡哈尔一行人放在眼里,仍然紧逼过来,5 人中只有卡哈尔一人是有执法资格的警察,敌众我寡,卡哈尔一行只有持枪逼着对方,退回到车上。

卡哈尔憋着一口气开车赶到附近的一个乡政府,可惜这个乡没有派出所,乡政府连一部电话都没有。于是,卡哈尔又连夜兼程近 20 个小时赶到依吞布拉克镇,向公安分局汇报。然而,还是让这伙犯罪分子漏网了。

卡哈尔对此事一直耿耿于怀,也正是这件事坚定了卡哈尔反盗猎的决心。

1993 年 3 月中旬的一天,卡哈尔在值勤时,发现检查站附近的饭馆里聚集了一群像从山里刚出来的人。仔细观察发现,为首的正是 3 个月前在山谷里持枪示威的那个家伙。卡哈尔冲上前迅速地制服了那个家伙,其他人则夺门而逃。

据此人交待,他们在附近藏了一辆装满藏羚羊皮的车,卡哈尔迅速向公安分局汇报。

于是,由若羌县公安局、黄金局和阿尔金山保护区派出所联合组成一支执法队,在依吞布拉克镇附近与这伙盗猎分子斗智斗勇。

这个盗猎团伙共有 13 辆车,面对执法队的警示停车检查不予理会,执法队只好开枪将车辆的轮胎打爆。在检查中发现车上有几支拆开的枪,几千发子弹,几百张藏羚羊皮。

卡哈尔则带领分局派出所的一辆增援车,按照那个盗猎头目的供述,进行搜查。结果,在山沟里搜出 3 辆车,但人已经跑了,从车上搜出了小口径步枪、半自动步枪共七八支……

阿尔金山自然保护区的野生动物有了这支队伍,就有了它们的"幸福生活"。

五

2002 年 11 月,新疆维吾尔自治区决定开展一次大规模的武装反盗猎行动,并把这次行动的代号定为:保护藏羚羊"一号行动"。这是武警新疆森林部队成立以来会同森林公安第一次举行联合大规模的武装反盗猎行动。总指挥由自治区副主席熊辉银担任,武警森林总队长郭胜辉,副总队长正立伟,参谋长秦四喜都参加了这次战斗。

2002年11月5日,一阵清脆的哨音划过武警新疆森林总队的营区,参加这次"一号行动"的队员们头戴钢盔,身穿迷彩防弹衣,手握自动步枪,全副武装的迅速蹬上了车。从乌鲁木齐出发向阿尔金山挺进。

阿尔金山的傍晚,宁静而祥和,远处的雪峰被夕阳涂上了一层金黄,显得高贵而神秘,一副原始而亘古的油画镶嵌在远处的雪峰之上,然而,这宁静之中却暗藏着罪恶。

此时已经是11月7日18时,侦察组突然发现前方的地平线上一辆卡车扬着滚滚的尘土一路疾驶而去。在武警队员们发现了这辆车的同时,他们也发现了警车,他们已经开始意识到自己的处境有些不妙,加大油门企图逃窜。行动指挥车立即做出了决定:对潜逃的卡车实施加速合围,让对方无处可逃,同时喊话器开始喊话:"我们是武警森林部队,请前面的车停下来接受检查!"喊话在一遍遍地进行着。卡车在逃跑无望的情况下被迫停了下来,行动队员在郭胜辉总队长的指挥下迅速控制了车辆和人员。行动队员周福存及战友们在对车辆进行严格检查后发现车厢内有几十袋卤虫。经审查卤虫是这伙人从鲸鱼湖非法捕捞来的。据卡车司机交代,还有两辆盗捕卤虫的卡车正沿着另外一条线路半小时前向相反方向逃离保护区。

情况紧急,郭胜辉总队长马上通过电台与机动组联系:"任务紧急,我现在命令你们,迅速出击,克服一切困难,务必在天黑之前截获不法分子的车辆!"

案情就是命令,虽然大家都经受了几天的长途劳累,一接受命令个个精神百倍。半小时后两辆卡车被成功地截获。

至此,行动队共拘捕不法分子18人,截获卤虫19吨,价值近60

万元。据森林公安人员介绍，卤虫是一种珍贵的鱼虾开口饲料，被称为"软黄金"，目前市场价格每吨3万元左右。卤虫生活在高原湖泊，生长极其缓慢。近年来由于不法分子的猖狂捕捞，导致保护区内咸水湖水类因缺食而大量死亡，各种珍稀鱼类数量锐减，有的种类则濒临灭绝。

2002年11月8日，行动队在海拔4000米以上前行，往前每前行1米海拔的高度也相对提高。行动队面临的最大困难就是高原缺氧，队员们随时都能够听到自己的喘气声，大家的脸都涨成了紫红色，太阳穴明显感觉到往外鼓，头部疼痛难忍，已经有十几名战士开始恶心呕吐，为了使大家保持清醒的头脑，副总队长为每个队员发了一条红布条，用它将头紧紧的勒住。这支刚刚组建的武警新疆森林总队的官兵大部分是从全国各地抽调来组建而成的，大部分没有经过高原生存作战训练，这次行动又是一次练兵的好机会。按规定从3000米以上，每上1000米就需要一个星期生存训练。

白天还好过，可是到了晚上那就更困难了，山下虽然才是初冬，可山上最低温度已经达到了零下二十多摄氏度，加上高原的风大，缺氧和寒冷折磨着每一个人。腿伸进那冰冷的睡袋时，队员们真正感受到了切肤渗骨之冷，许多队员一夜没有合眼。可是11月9日早晨大家都不约而同地起了一个大早。大家都知道真正的较量就要开始了，大家为自己能够肩负如此重任而感到自豪。

六

11月9日上午10时，搜捕分队开始向阿尔金山自然保护区腹地搜索前行……

11日11时许，搜捕分队在1号地域牙布拉克60千米处，发现了可疑的车辆和帐篷。搜捕小组迅速接近目标，进行围剿。

而此时,帐篷里的人发现有武警接近,慌作一团,有的企图夺路欲逃。队员李波发现了犯罪分子的企图后,马上从侧后方迅速插上。帐篷后面是一条河道,李波脚下一滑,滚到 10 米深的河谷里,他顾不上包扎手上被划破的伤口,占据有利地形,彻底切断犯罪分子的逃跑路线。

搜捕小组迅速包围了帐篷,帐篷前的地面上放着两只冰冷的藏羚羊后腿、野牦牛骨头、牛尾,数十只藏羚羊羊蹄,帐篷的一侧,用黑油漆歪歪斜斜地刷着"民和清真饭馆"几个大字,在这家饭馆前的河谷里,满眼都是藏羚羊的蹄、骨、角等物。据交代,这家在无人区的饭馆已经开了两年多了,主要向进入无人区的非法盗猎者提供食宿,供应的食品大部分为野生动物的肉。这家饭馆的主人真是贼胆包天,竟然擅自把饭馆开进了国家级自然保护区内,还成了名副其实的"野生餐馆"。

随着一声"不许动!警察!"犯罪嫌疑人冶儿力被林业公安人员戴上了一副锃亮的手铐。从帐篷前的 3 辆卡车里搜出了卤虫二十多吨,抓获捕捞卤虫的不法分子三十多人。

11 月 10 日 11 时 45 分,秦四喜参谋长率领的搜捕分队沿鸭子泉搜索前进约二十千米后,搜捕分队根据线索,在一个非常隐蔽的山坳里,发现了犯罪嫌疑人所住的窝棚和车辆。事不宜迟,搜捕分队神速隐蔽接近,将地点包围。

就在搜捕分队接近目标 200 米时,两条大狼狗咆哮着向队员们猛扑过来。队员王小海沉着冷静,跨上前一步,用枪托猛击狼狗的头部,狼狗受伤落荒而逃。帐篷里的犯罪嫌疑人凭着多年来盗猎的经验,似乎从狗的叫声中感觉到了危机。他先是在帐篷口紧张地张望了一下,然后慢慢地朝帐篷前的吉普车跑去。

他想逃跑!

这时搜捕队员用喊话器开始喊话:"我们是武警森林部队,你们已被包围了,请站在原地接受检查!"

犯罪嫌疑人发现自己开车逃跑的可能性不大,略一愣神转身又溜进了帐篷。接下来就是长达半个小时的僵持,搜捕分队不断地用喊话器进行政策宣传,犯罪分子闻而不见。40分钟后犯罪嫌疑人冲出后门企图向后山逃窜,公安人员鸣枪警告无效。

队员王小海在关键时刻挺身而出,紧追其后,追到离犯罪嫌疑人约两米远的地方,一个前扑抓住犯罪嫌疑人的后腿。不甘示弱的犯罪嫌疑人开始与王小海搏斗,被随后赶来的森林公安铐上了手铐。

据初步审查,犯罪嫌疑人名叫吾买尔,青海人,从事盗猎活动多年。

随后搜捕分队又对犯罪嫌疑人的帐篷和车辆进行搜查,在帐篷内查获小口径步枪、猎枪各1支,子弹105发,匕首1把,望远镜1架,猎夹8个,其中小口径步枪弹匣内有子弹5发,1发已经推上了枪膛。

可见,枪战是一触即发。

同时查获血淋淋的藏羚羊皮2张,藏羚羊骨架2付,流血的藏羚羊颅1个,野牦牛尾毛1编制袋和部分野生动物的骨、皮、蹄7件。一件件血淋淋的藏羚羊皮、骨在高原明亮的阳光下鲜红刺目。

历时11天的保护藏羚羊"一号行动"于11月16日结束,这次行动行程一万多千米,为保护珍稀野生动物向盗猎者们打出重重的一拳。

这次行动先后共打击各类不法分子76名,检查各种车辆21辆,收缴步枪,猎枪各1支,子弹105发,查获藏羚羊皮2张、藏羚羊头5个,藏羚羊蹄36只、藏羚羊肉35千克,北山羊皮32张,卤虫32吨,以及部分野生动物的头、角、毛、皮。抓获犯罪嫌疑人3人。

七

1999年10月,"关于藏羚羊及野生动物保护"的国际会议,在青海省的西宁市召开。来自七十多个国家和地区的政府官员,经过激烈的讨论,通过了《西宁宣言》《濒危野生动植物国际贸易公约》和《藏羚羊保护及贸易控制决议草案》。

根据我国法律,藏羚羊是国家一级保护动物,珍稀程度和大熊猫相提并论,在我国猎杀 3 只藏羚羊就是特大刑事案件。

近年来,在西部地区随着反盗猎力度的加强和人们保护濒危野生动物的意识的提高,野生动植物得以休养生息,各种野生动物种群数量得以上升。据有关部门统计,藏羚羊的数量已经超过五万只左右。

而在新疆生产建设兵团农六师红旗农场出现了鹅喉羚(黄羊)数量猛增,大批黄羊啃食庄稼的情况,这让农牧民大伤脑筋。而在乌鲁木齐市近郊的乌拉泊水库,成群结队的白天鹅觅食、嬉戏,让人欣喜。这些情况足以说明我们保护濒危野生动物的行动已大见成效。

关注野生动物生存的家园,实际上就是关心我们自己的家园。

追踪最后的野骆驼

2006 年 10 月 12 日至 14 日，由全球环境基金会和蒙古自然与环境部野骆驼基金会组织的国际野骆驼保护与管理研讨会在蒙古首都乌兰巴托召开，罗布泊野骆驼国家级自然保护区管理中心主任受邀参加了会议。会议就中蒙双方如何加强合作，共同保护和研究珍稀物种野骆驼进行了研讨，并发表了 14 项联合声明。会议还要求中蒙双方加强合作共同解决双方保护区内野骆驼面临的各种问题，同时要求此次研讨会的组织者就会议联合声明内容，确保中蒙双方野骆驼保护区可持续发展研究的长期资金渠道。

一

据统计这是一种比大熊猫数量还要稀少的极度濒危的动物。野骆驼在非洲和美洲早已消失，而在亚洲，目前也仅分布在中国西部的新疆、甘肃和蒙古国境内。美国《国家地理》杂志出巨资在中国找人拍摄野骆驼之后，有关单位已经组织了两队人马到新疆塔克拉玛干沙漠去拍摄野骆驼，但都没有成功，这表明野骆驼实在太难拍摄了。一位"猎驼龄"的罗布泊人，在追捕野骆驼的 6 年中，用自己的弓箭与绊马索曾经捕获了 13 只野骆驼。因此，当年他成了英雄。现在别说捕猎，就是能够有缘与野骆驼见面也是一件很困难的事。

骆驼科有五个亚种即非洲和西亚的单峰驼,中亚的双峰驼,南美的原驼,羊驼和驼马。 野骆驼与家骆驼外形较像,一般人不细看很难分得清。野骆驼个头高,腿修长,头部稍长,鼻孔较大,胸部较宽,蹄子角化程度高,奔跑起来健步如飞,时速可达八十千米左右。野骆驼的双峰小而尖,呈锥形直立,而家骆驼肉峰肥大。野骆驼机警而胆怯,其视觉、听觉、嗅觉相当灵敏,有惊人的耐力。野骆驼以梭梭草、骆驼刺、芦苇柳等很粗干的野草和灌木枝叶为食,喝又苦又涩的咸水。野骆驼还有极强的交配和生殖能力,交配季节是冬末,这时雄驼显得非常暴躁,不吃不喝,甚至连觉也不睡。雌驼怀孕 13 个月才能生产,且每胎 1 仔。初生小驼,当天就能直立行走,两三天之后可以又跑又跳。野骆驼的鼻孔非常柔软,在遇到沙暴之前,可随时关闭而不影响呼吸。

野生双峰驼的活动,一般以十几头大小的集群为规律。在繁殖期,每个种群由一峰成年公驼和几峰母驼带一些未成年幼驼组成,有固定活动区域,除非季节转换时才进行几百千米的长途迁徙。另外,公的幼驼一旦到了两岁左右,就会被逐出种群,去别的种群争夺"领导权"。野骆驼的繁衍是在自然的优胜劣汰中进行的,能够适应严酷的生存环境的个体存活下来,其它的便自然死亡,被无情淘汰。野骆驼的寿命一般在三十岁左右。

1875 年,俄国沙皇召募探险队赴中国新疆捕捉野马。当时,野马也处于同野骆驼同等危机状况,惟在中国仅存。曾在俄国皇家博物院当过实习生的曼斯特市教师普尔热瓦尔斯基报名获准,建探险队,来到中国。他首次进疆是 1877 年初春,发现了野马的存在,并带回了 9 张野马皮标本。普氏第二次进疆,虽没捕获到活的野马,但他先后在阿尔金山和罗布泊及北塔山一带,猎捕并制作了 10 大箱动物标本,其中就有 4 张在罗布泊捕获制作的野骆驼标本。据称,探险队在罗布泊荒漠,不止一次遇到野骆驼队群。这是传说野骆驼在世界范围灭绝后的新发现,也是近代史记载中最早的一次野骆驼发现,因此,罗布泊地区成为野生双峰驼的模式标本产地。1883年,普氏在罗布泊发现的野骆驼被命名为"野生双峰驼西部亚种"。

普尔热瓦尔斯基在他的考察笔记里这样记载:野骆驼现在栖息地是罗布泊以东的库母塔格(沙山)周围的沙漠里,野骆驼也常常来到塔里木河下游或库鲁克塔格山区,有时在车尔臣河以北的沙漠里也能见到。但是,车尔臣河以西直到和田一线以北的沙漠里不知道有没有野骆驼栖息。20年前,现在的卡尔克里克村(即现在的若羌县城)位于罗布泊的岸边,在卡尔克里克村阿尔金山山区及其周围的山脚下曾有成群的野骆驼生活在那里。给我们带路的卡尔克里克村猎户及其他猎人对我们说,当时看到几十峰甚至几百峰一群的野骆驼也不希奇。我们的向导已经上百岁了,据说在他的收录生涯中,用火枪打到的野骆驼不下百峰。随着卡尔克里克村的人口不断增加,罗布泊地区的猎户也不断增加,因而野骆驼正在不断地减少。即使罗布泊周围还有野骆驼栖息,为数也不多了……

1901年,瑞典探险家斯文·赫定到罗布泊探险考察时,也发现当时罗布泊荒漠时常有成群结队的野骆驼出没,他的考察日记里记载了他们看到的野骆驼的一些情形。近年,又有国内电视台为介绍野骆驼,深入罗布泊荒漠进行"守拍",也多不成功,所获无几。

1999年,中英联合考察队曾经对库木苏进行过考察,时隔6年,为了摸清野骆驼的种群数量、迁徙路线,以及生态环境状况,这支由中英蒙三国专家组成的考察队再次前往库木苏。因车辆难以到达,他们只能骑着家骆驼进入该区域进行考察。

二

1994 年 9 月 12 日,新疆生态学学会副理事兼秘书长,新疆环境科学学会常务理事、新疆动物学学会常务理事、新疆土壤学学会常务理事、自治区专家顾问团成员袁国映受国家环保总局委派到蒙古国首都乌兰巴托参加第一届中亚持续发展国际会议。会议期间联合国环境规划署的官员约翰·海尔找到了他,说他在蒙古国进行了 3 年的野骆驼考察工作,蒙古国现存野骆驼三百五十多峰,不知中国境内的情况,联合国环境规划署计划建立国际野骆驼保护中心,但不知建在中国好,还是建在蒙古好,还需要对中国野骆驼的分布情况考察后再做决定。袁国映多年来一直想考察野骆驼的生存状态,这个决定引起了袁国映的极大兴趣。会议期间袁国映向海尔博士介绍了中国野骆驼的分布情况,并当即达成今后合作考察协议,由袁国映制定考察计划和考察线路,经费由约翰·海尔博士筹集。自此,将联合国的"国际野骆驼保护中心"建在中国成了袁国映的梦想。

1994 年 9 月,袁国映在乌兰巴托与约翰·海尔分手回国后,便向国家环保局王玉庆副局长及有关部门作了汇报,领导们一致支持与联合国环境规划署的合作项目。科技司给予立项,题目为"国家野骆驼合作科学考察",拨 10 万元支持考察,并向约翰·海尔发出了正式邀请。考察的出发日期定在了 1995 年 4 月 13 日。

这次考察是穿越罗布泊的嘎顺戈壁无人区,考察队员由袁国映、约翰·海尔、一位向导、一位翻译、两名研究人员、大小车司机各一人组成。

然而,考察队在嘎顺戈壁无人区奔波了半个月,也没有看到野骆驼的影子,出师失利的阴影笼罩在每个人的心头。

1995 年 5 月 12 日,袁国映和约翰·海尔乘吉普车从拉配泉山前营地出发,向北部的库姆塔格沙漠开去。沿途是半荒漠草原,只见到几只鹅喉羚、藏野驴。越向北,植被越稀少,30千米后逐渐接近了沙漠边缘,这时再也见不到任何大型动物,只见远处有一片半枯死的梭梭林。这时,约翰·海尔博士建议步行,以免惊了野骆驼。大约在32千米突然发现远处干梭梭林中出现了一个黑点,袁国映一行向黑点慢慢靠去,黑点越来越大,大约距离还有1千米时,终于看清了是一峰野骆驼。再近一点,那头野骆驼的身躯则看得清清楚楚,在距野骆驼500米处,从黄沙中衬托出的黑影,袁国映分析这是一峰雄驼,因为这一时期单独行动的一般都是雄驼。但让他们感到奇怪的是这只雄驼为什么站在原地瞪着眼睛看着考察队员?通常看到人,雄驼在2~3千米时就开始逃跑。400米,300米,200米,突然,在野骆驼脚下又一个黑点动了一下,这时科考人员才发现那是一峰刚降生不久的仔驼!此时正是北京时间5月12日14点15分。

母驼一边警惕地望着科考队员,一边低头深情地吻着仔驼,丝毫没有离开的意思。从仔驼体毛的湿润程度来判断,应该是刚出生不久。仔驼完全侧卧,头也抬不起来,约5分钟后,仔驼慢慢抬起头,把身体调整成俯卧姿势,并几次试图站立起来都没成功,只好完全侧卧,片刻后又恢复上述过程。仔驼还是想站立起来,先是后肢慢慢站起,而前肢屈膝,等后肢立稳后,前肢才慢慢站起来。仔驼站立起来时,前后肢均呈八字形,不能移动,身体明显不稳。片刻后,又俯卧休息,不久又顺利地站起来,先是摇摇晃晃地无规则移动,尔后缓慢地跟随母骆驼离去……母骆驼寸步不离地保护着仔驼,并不时地调过头来吻吻仔驼。大家被这种母爱的场面惊呆了。为了不打扰它们,大家一直目送着这对母子渐渐的远去。

随后不久,科考队又在大青沟发现了37峰野骆驼群。这次考察,为在中国建立国际野骆驼保护中心奠定了基础。

1996 年 4 月 20 日，袁国映、约翰·海尔一行第二次进入罗布泊考察。第一站是阿克塔布拉克，当天晚上在地图上标着的"绿珠山庄"盐泉边扎营。晚上科考队员感到有虫子钻到了被子里，向导赵子允掀开被子发现野生草蜱子叮在身上，它是干旱荒漠中的寄生类，家畜、野生动物和人类都是它叮咬的对象。对付它的办法是用烟头烫它的屁股，它会主动退出来，若用力向外拉，头断在肉里可能会发炎，生成大疮。虽然这一夜大家没有休息好，但第二天出发不久便发现了两峰野骆驼，大家顿时来了精神，海尔高兴得手舞足蹈，像个没有长大的孩子。

袁国映和约翰·海尔通过两年的考察发现野骆驼对人和车警惕性极高，而对家驼则不设防，认为是同类，于是就制定了骑家驼考察的计划，经过一个冬天的准备，科考队于 1997 年 4 月 3 日又正式出发了。

科考队到巴什考贡扎营，开始骑家驼前行。

这次考察就没有前两次幸运了，当科考队走了 4 天到达距科什兰孜 30 千米的地方，天就黑了下来，只好安营，可是到半夜刮起了风暴，第二天早晨发现 14 峰家驼跑了，仅剩下了两峰，驼工们不得不去找。这儿离大本营 150 千米，离最近的居民点 300 千米，算算时间刚好是 4 月 13 日星期五。大家都默默地祝福驼工们能够把家驼群找回来，如果驼峰群跑的太远了，往返半个月就惨了，科考队准备的吃的、喝的只能维持 10 天。

大家做了两手准备，家驼能赶回来最好；若找不到，就得靠自己的双腿走出无人区。后一种方案隐藏着极大的危险，是否每个人都能走出无人区？因为每人要带够 6 天吃的和足够的水，每人至少要负重 18 千克，还不算自备的照相机、摄象机、笔记本一套都得带上。

在原地等待的那几天真是度日如年。大家讨论着自救的方法。到了晚上袁国映就拿出笛子在静静的夜色中吹奏，为大家排解寂寞。到第5天傍晚，驮队终于回来。大家连夜做好了准备，天一亮就拨营返回大本营，按计划已经晚了两天，大本营的两个人已经急了。第4天科考队赶到了红柳沟口，为了给红柳沟深处的大本营通消息，便先派了两个人乘骆驼先走。原来两位守在大本营的司机从大本营开车出来50千米迎接科考队，两天没有迎着，知道出事了，便出山到新疆生产建设兵团36团向乌鲁木齐报告。自治区环保局派阿尔金山保护区的张处长带了两辆车前来寻找。袁国映正是在经历过无数次生与死的考验之后，才弄清了野骆驼的生存状况的，这与建立"国际野骆驼保护中心"是分不开的。

袁国映先后6次进入罗布泊无人区考察野骆驼，行程约3.6万千米，考察清了中国境内野双峰骆驼的分布与数量状况。目前，世界上仅剩的四个野骆驼分布区内，中蒙边境的外阿尔泰戈壁分布区约有350~400峰，罗布泊北部屹顺戈壁约60~340峰，塔克拉玛干沙漠约40~60峰，总数在730~880峰，成为比大熊猫还少的世界濒危动物。而在200年前约有1万峰，20年前有2000~3000峰，这是人类猎杀的悲剧。

经过多次的考察，袁国映和约翰·海尔一致认为要尽快在罗布泊建立自然保护区，约翰·海尔博士说："如果不立即采取严格的保护措施，3~5年后野骆驼真的要绝迹了。于是，袁国映制定了罗布泊自然保护区的建设规划，海尔·博士答应筹集资金。

1998年9月13日至18日，"中亚持续发展国际会议"在乌鲁木齐召开了。在会议上袁国映、约翰·海尔分别作了关于野骆驼保护问题的重点发言。会议主席把中国新疆环境研究所与联合国环境规划署对野骆驼的国际合作考察研究，当作第一次中亚持续发展会议的重要成果之一向大会进行了介绍。参加会议的联合国全球环境基金会代表来歇先生非常重视，在他的努力下，全球环境基金会终于决定了支付75

万美元来支持罗布泊的自然保护区建设。这个自然保护区对外的名字就叫"国际野骆驼保护中心"。

2001年2月,联合国环境规划署向世界宣告:在中国青藏高原北部的沙漠盐碱地带,发现了世界哺乳类动物的一个新物种,这就是野生双峰骆驼(简称野骆驼)。这是因为在罗布泊野骆驼自然保护区南部的阿尔金山和罗布泊湖盆南面的库姆塔格沙漠之间的库木苏(又名"沙子泉")生长着大量的荒漠植被,因而成为野骆驼的主要栖息地,被认为是野骆驼和其它野生动物的天堂。

三

2005年10月,在新疆阿尔金山与库姆塔格沙漠间的荒原上,一支驼队正在缓缓地行进,时而翻越长有梭梭林的沙丘,时而穿过深邃的干河谷,将人类的足迹印在了荒凉的无人区上。这是一支由国际野骆驼保护基金会和新疆罗布泊野骆驼自然保护区管理中心组织的"罗布泊野骆驼考察队"。然而,当他们历尽艰辛来到这里时,呈现在他们面前的却是非法采金者留下来的一堆堆野骆驼残骸和其它野生动物残骸,以及上百个剧毒药品空筒……

2005年10月16日,考察队在甘肃阿克塞哈萨克自治县进行了两天的准备后,乘车前往300千米外的本次考察的出发营地——黄羊沟。越过一望无垠的戈壁滩,穿过安南坝野骆驼自然保护区的红石山峡谷,一路上,只见到几群鹅喉羚,没有见到一丁点野骆驼的蛛丝马迹……

出了红石山口,就进入了新疆罗布泊自然保护区。这里是以沙丘地为主的梭梭林分布区,沙地很软,常常陷车。当天的最后一次陷车,因车轮陷得太深,直到太阳快落下地平线时也无法将车开出来,只好就地安营扎寨。

　　第二天一大早,大家匆匆吃完方便面,便动手推车。又是挖沙,又是推车,再加上垫梭梭、红柳树枝等办法,整整折腾了近三个小时,才终于一段一段地把车推出了软沙地。抬头互相看看,个个都成了土人!车队小心翼翼地又前进了五十多千米,终于到达了黄羊沟。在这里,与早一天到达的 5 名驼工和 17 峰家骆驼会合。傍晚,一个巨大的哈萨克帐篷搭了起来,炖了一大锅手抓羊肉,大家围坐在火旁,一边吃饭一边讨论下一步的行动计划。突然,有人发现远处有一个黑点在移动,"野骆驼!"一只野骆驼向我们的家驼群慢慢走来,突然它扬起头,停了下来,然后向相反的方向逃去。可能这只野骆驼是把家骆驼当成了自己的同类,走近时才发现不对,"不能和人打交道!"于是慌忙离去。

四

　　这次考察让考察队员为野骆驼的生存忧心忡忡,他们认为,野骆驼的生存如今面临着很大的威胁。人类猎杀野骆驼的明枪暗箭自古以来都是虎视眈眈,捕猎者多为野骆驼分布区周边的一些居民,过去缺水无草的无人区因为交通问题人类难以到达,但是人类随着交通工具现代化及偷猎工具的改进,更多的人很容易地进入无人区进行捕猎,出现了偷猎者从野骆驼分布区周边向更远地区扩展、偷猎人员大增的局面,致使野骆驼分布区成为偷猎者的围场。仅 2004 年 7 月,吐鲁番地区森林公安民警在巡护过程中,在一处水源地发现了两张野骆驼皮,相距不到一千米。在另一处水源地发现了五对被猎杀的鹅喉羚角,估计是前一年冬季被猎杀的。很显然,罗布泊地区的盗猎活动仍然比较猖獗。

　　这个区域已建和拟建的公路有尉犁到若羌的 218 国道,塔克拉玛干沙漠中修建的塔中石油公路、西气东输伴行公路、哈密-罗中基地公路、土屋铜矿—哈密公路、G315 线依吞布拉克—若羌段公路等,道路的开发建设,增加了进入保护区的入口和通道,不但给保护区的管理带来很大困难,而且破坏了保护区的原始地貌,无形中将野骆驼栖息地支离破碎地进行了条块分割使保护区生态功能下降,对野生动物原有迁徙路线形成阻隔,对野生动物的生存环境构成极大威胁。

罗布泊地区的丝绸之路是中外文明的考古、探险、旅游活动区,罗布泊南北已废弃的古丝绸之路恰好又是现今野骆驼的主要活动区,因此,沿丝绸之路的探险活动,对保护区内荒漠生态系统的破坏加剧,惊扰濒危动物野骆驼,当其受惊扰后难以返回原处,从而影响到野骆驼的原来生存状态。

塔里木河、孔雀河中上游因过度用水导致罗布泊干涸,致使周围气候更加干旱,土壤旱化,盐泉水量减少或干涸,植被有明显衰退现象,都在威胁野骆驼的生存。1995 年,在嘎顺戈壁考察时就发现过去有水的盐泉干涸现象。在干旱年份,由于荒漠区可食植物的匮乏,还会逼迫野骆驼集中到有泉水的荒漠地带采食,这样使被狼捕杀的几率增加,造成种群数量下降。

野马悲情沧桑度百年

  在一望无垠的卡拉麦里荒原上,野马,一种西部魂魄的图腾,一个所向无敌的精神象征。如今它是恣意奔跑的、扬鬃长啸的、自由自在的,无论面对什么样的境地,都能无惧面对。虽然它离开祖先栖息地准噶尔盆地卡拉麦里已经百年,能够自由奔放的生存,足已证明中国野马繁殖研究中心实施的野马"还乡保种"计划已成功地迈出了第一步,野马已经走出了百年颠沛流离悲凄的阴影。

一

  世界各地的一些权威动植物专家的研究成果表明,野马在地球上生存已有 6000 万年的漫长历史。准噶尔野马是目前世界上惟一生存的野马的最后种类, 没有被异种所分化。今天的野马实际上是 6000 万年的活着的基因库,是研究和改良马种类的宝贵基因源。

  有关史料表明野马在地球上出现的时候,准噶尔盆地还没有完全形成,这里曾是无边的海洋世界,野马是生活在海洋中的一种动物。随着地壳的变动,这里的海水开始退去,准噶尔盆地的前身开始遍布星罗棋布的大小湖泊,许许多多的远古海洋动植物开始随着环境的变化而产生了适应环境的生存变化。一些不能适应环境的动植物也就自然地消亡了,有的变成了生物化石。而野马很可能就是随着海洋的消失而变成水陆两栖的动物。不知又经过了多少年,海洋和湖泊彻底地退去了,野马便开始在森林和草原上生存,为了生存野马也进化了自己的身体和四蹄,变得身强体壮,既能抗严寒又能抗酷暑,还能够迅速奔跑躲避各种异类的进攻和伤害。

新疆野马是奇蹄目马科动物,外形酷似家马,体格略小于家马,颜色单一,除腹部略呈白色外,其余部分均为黄土色,鬃毛短而直立,沿背有一条黑灰色条纹,也有点像蒙古野驴,它与家马的主要区别是:头短钝、口鼻部不削,额发短缺、鬃毛逆生。

准噶尔野马在 6000 万年前开始在新疆准噶尔盆地的玛纳斯河流域沿北部天山和多伦古河向东至北塔山地一带,以及中亚和蒙古国地区广泛的分布生存。这些地区大部分是沙漠、戈壁、森林和山谷,植被多以红柳、梭梭、蒿类等耐干旱植物为主,物竞天择,这里成了准噶尔野马的栖息地,它们在这里生息繁衍,形成一个庞大的野马家族。

随着气候的不断变化,生存条件的不断恶化及后来的人类捕猎,野马的数量逐年下降。20 世纪 90 年代中期,蒙古国在其科不多盆地捕获到最后一匹野马后,该国动植物专家宣布野马已在他们国家绝迹。我国林业部门曾于六七十年代组织专家在准噶尔盆地对野马生存状况进行了多次的调查和寻找,结果也是一无所获。作为一个野生的种群,野马实际上在中国新疆准噶尔盆地绝迹一百多年。

二

准噶尔野马,有一个耻辱性的名字"普氏野马"。此名来源于一个俄国盗猎分子普尔热瓦尔斯基,是这个披着探险家外衣的"老狼"揭开了世界上到中国新疆盗猎准噶尔野马的历史。

公元 1875 年俄国战火不断,战马供应不上,优良的上等战马更是奇缺。俄国沙皇便将贪婪的目光盯住了准噶尔野马,于是他招募探险队远赴新疆捕猎准噶尔野马。

一个曾当过兵的小学教师——普尔热瓦尔斯基,得到了一位德国富商的赞助,并取得了俄国皇家博物馆馆长的极力推荐,便得到了俄国外务部的批准,组建了第一支探险队。

普尔找到一个叫列别可夫的人作向导。此人早年间曾多次到新疆的阿勒泰去收购黄金和皮货,熟悉新疆的地理环境和风土人情,能够用当地的语言交谈,是个很精明的小商人。两个心怀鬼胎的人,此时一拍即合。

俄国皇家博物馆为了能够获得更多的动植物标本为探险队专门派了一个标本制作师,外务部又给普尔派了4个当兵的当佣人。这伙盗猎人假装成商人于1877年开春正式起程了。

经过一个多月的长途跋涉,普尔率领他的探险队到达了高山湖泊可可托海,这里是有名的野马沟,可是让普尔一行失望的是,这里大大小小的山沟除了狐狸、兔子、黄羊等动物外,并没有发现野马的影子。他们神神秘秘的行踪让驻守在这里的清军起了疑心,1877年5月,清军没收了他们身上所带的枪支,勒令他们限期返回俄国。有了被清军驱逐出境的教训,普尔所率领的探险队变得狡猾多了,他们不敢再张扬,不敢再走大路,不敢到沿途的农牧民家中借宿。

一天夜里,借着银色的月光,普尔惊喜的发现他们数日来追寻的野马已经出现了,不远处几十匹野马成群结队地在悠闲的觅食。普尔带领他的探险队迅速包抄了上去,企图一网打尽。可惜嗅觉异常灵敏的野马闻到来自异类的气息,长啸着集体向远处逃窜。眼看野马越跑越远,列别可夫连开了数枪打死了两匹野马,他们跟踪追击,在野马所经常出没的山谷里、森林里设卡,其目的就是想活捉野马。他们的梦想落空了,奔跑的野马根本不等人靠近就开始逃向远方。气极败坏的普尔一行又先后开枪打死 7 匹野马，随行的标本制作师完整地获取了 9 张野马皮。

这次盗猎普尔没有盗走一匹活着的野马，因为他当时笨拙的捕猎手段对野性十足的野马来讲，是无可奈何的，所以他只有望"马"兴叹了。普尔只好带着 9 张野马皮回国了。

沙皇对没能捉到活野马很不高兴，塔尔迪克伯爵对野马皮也不满意，这仅仅是张皮子而已。一位富商赞助普尔三千卢布，要探险队收集新疆的地理资料。普尔二进新疆。

普尔得到一本德语的《马可波罗游记》，从书中得知阿尔金山有野马。列别可夫找到一名听得懂俄语的巴基斯坦商人，名叫阿里，此人常走这条古道贩运香料，探险队跟随阿里向东挺进。果不其然，阿尔金山东段山麓出现野马，列别可夫骑着伏尔加河马拿着套马杆企图活捉野马，列别可夫与哥萨克兵围剿，野马竖起耳朵奔上陡峭的山崖，伏尔加河马不善于爬山，结果徒劳一场。普尔把野马的情形一一记在考察笔记中，日后考察报告发表了，实际上那不是野马而是野驴，至今还存活的藏野驴，样子酷似野马，却与野马有本质上的差别，由于普尔的错误报导，招来了不少冒险家。

探险队进入罗布泊，在此收获不小，搞到 85 张哺乳动物皮、500 只鸟类标本、50 件鱼类标本、4 张野骆驼皮……

盛夏时节，塔克拉玛干沙漠骄阳似火，酷热难忍，探险队转向凉爽的天山北坡古城，准备再次赴北塔山捉野马。古城居民发现洋人身上有草原皮肤病，古城人立刻将洋人赶出了城。

探险队所有人员身上都被感染上皮肤病，一夜间红肿起来，浑身流脓血。普尔搔痒难忍，彻夜难眠，探险队露宿城外不敢进城治疗，普尔只好下令返回俄国。

十大箱动物标本，也算是巨大收获，欧洲人很难想象干旱的沙漠里怎能有那么多的动物,普尔荣获"康士坦丁奖章",成为效忠沙皇的榜样。

普尔三进新疆,改变以往的做法,胆子大了,步子快了。探险队从俄国的恰克图乘马车直奔中国边境库仑,然后再向南,乘坐四轮马车进了京城,众多踏进新疆探险的冒险家中,普尔是第一个斗胆闯进北京的。探险队向西北经呼和浩特,越阴山,渡黄河,翻越鄂尔多斯高原,到达阿拉善,几乎找遍了蒙古大草原,也没找到野马。又向南进柴达木盆地,在青海湖边惹怒了藏民,被藏民打得抱头鼠窜。于是他们跟着骆驼商队到星星峡,寻找中国古籍中记载的戈壁野观。

两年时间,收获不大,探险队从牧民手中买了两张野马皮后败兴而归。

普尔准备四进新疆,带上最新研制的麻醉枪,招募了地理专家、动物专家,带上拦网。1888年初,雪还未曾融化探险队又出发了。这支前所未有的大队人马,抵达伊塞克湖,距离边境线不远了。湖边有个风光秀丽的卡拉科基小镇,早年由柯尔克孜族人建筑的城堡,依山傍水,是水陆交通的枢纽,也是列别可夫的家乡。探险队住进一家阔气的客店里,队员上杂货店采购食品,当队员返回驻地时,发现普尔突然病倒了,呼吸困难,满脸通红,随队的医生给他注射了奎宁,第二天普尔悄无声息地死了,当年41岁。直到他病死在盗猎的途中也没有能够捕猎到一匹活着的野马。

三

普尔死后,列别可夫盗猎新疆野马的梦想并没有破灭,他开始勾结英国人,开始了他的又一轮盗猎生涯。他摇身一变成了英国探险队的向导,频繁的出现在新疆可能有野马出没的地方,为英国人成功的捕猎了一匹纯种的准噶尔野马。从此,野马开始了它流亡海外的悲惨命运。

列别可夫吸收了强悍的枪手,黑道上的帮手加盟,好马快枪轻装矫捷,列别可夫率队冲过边境。清朝哨兵加急禀报朝廷,当接到圣旨"驱逐出境",列别可夫一伙已潜入柴达木盆地的野马山。

听说唐古拉山上有雪山野马,跑得不快很容易捉到。可是通往唐古拉山的道路十分艰险,只有七八月份冰雪融化之后,笃信佛教的香客才走这条高原山道。列别可夫找到这条山道,为了掩人耳目,他们伪装成远道而来的佛教徒,挎着香袋,混入一帮尼泊尔来的香客中,来到青海的塔尔寺。

探险队在塔尔寺意外发现,寺院殿堂两侧的墙壁上,画着高原雪马的勃勃英姿,雪马腾空而起,长长的马鬃与那炯炯有神的眼睛,刻画出气质不凡的神韵,殿堂的悬梁上陈列着野马头,大喇嘛的法坛上铺着雪白的马皮。列别可夫庆幸发现了野马新品种。

一队去拉萨的藏族香客出发了,探险队远远地跟随其后。一个大雾消散的早晨,隐藏在群山之中的那昭寺展现出来,寺庙后面活动着几匹雪山野马。列别可夫指挥哥萨克兵包围了山头,费了九牛二虎之力捉到仅存的4匹白色野马。野马野性十足狂跳不停,哥萨克兵用绳子将马蹄捆起来。

几百个藏民握刀发起冲锋,列别可夫与哥萨克兵慌忙应战,探险队残兵败将冲破包围,丢盔弃甲落荒而逃,慌不择路,又陷进可可西里的沼泽里……探险队逃到阿尔金山时,仅剩余7个人了。7个人向西翻越蒙尔库里山口,沿着崎岖山道逃到米兰小镇。

列别可夫一伙始终不知那雪山白马并不是野马,而是雪域高原佛教徒放生的白色家马。列别可夫一伙在米兰小镇一个富人家养了一冬天的伤,春天启程返回。列别可夫在昆仑山麓,克里雅河上游又发现灰色野马,他们已无力围剿了,却颇有心计地挖了个很大的陷井,追赶诱捕野马。果然,两匹褐色野马落入陷阱。

列别可夫一伙带着野马两个月后到和田,遇到一支从印度入境的瑞典考察队。高傲的瑞典人告诉他:"那不是野马,是高原野驴"。列别可夫十分难堪,他不露声色地将错就错,带着假野马来到喀什,投宿在英国驻喀什领事馆里,当时英国觊觎新疆宝藏,急于招募探险人才。英领事也没看出这假野马的破绽,对列别可夫十分热情。一番秘密交谈之后,列别可夫改变了回彼得堡的计划,投靠了英国人。

四

关于新疆野马的消息越传越神秘离奇。德国总督哈根别克和贝德福大公,都有私人动物园和马戏团,他俩花高薪聘用职业探险家格里格尔,赴新疆捕捉野马。

格里格尔是爱斯基摩人,曾为柏林商人探察过北欧商道。格里格尔走访了很多探险队,打听不到野马的消息,听到克什米尔有人捉到了野马,格里格尔不远万里只身前往。那位从事秘密配种的法尔兹博士,把野马藏在只有他一人知道的地方。格里格尔一无所获,借道西伯利亚铁路返回。

1890年格里格尔启程,沿着结冰的额尔齐斯河溯水而上,然后乘爬犁(雪撬)走了一个月,在零下50℃的严寒里翻越阿尔泰山,赶在春天来临之前到达科布多镇。

科布多是草原小镇,格里格尔与蒙古族牧民保持友好,还与哈萨克人交上了朋友,学会了用毛绳套马的本领……格里格尔在城里准备了充足的物资和马匹,雇用了十几名牧民到草原围猎野马。牧民不善于活捉野马,格里格尔亲自指点,他们手抡套绳套,野马头大脖子粗,还耸立着马鬃,套绳都落空了。野马冲出包围圈,牧民紧追不舍,可是蒙古马追不上野马。他们想了很多方法都不奏效,忙了七八天一无所获。刚出母胎毛皮未干的小马驹一落地，就能跟随母马奔跑，格里格尔与助手轮番追赶，最终小马驹精疲力竭躺在地上。格里格尔捉到六匹马驹带回驻地，用蒙古牝马乳养马驹，野马驹竟然成活了。就此方法格里格尔捉到 30 匹马驹。

格里格尔用绳子一端套住野马驹的脖子，另一端连在蒙古牝马的脖子上，一匹牝马带一匹马驹，雇佣牧民赶往准噶尔。野马驹野性十足，又蹦又跳，一个月后才抵达卡拉麦里山。格里格尔在火烧山坳里发现了分散活动的野马，他们仍旧采用先前的办法追赶小马驹，又用拉网捕捉。这法很奏效，格里格尔又捉到 50 匹马驹。这拨马驹更加桀骜不驯，简直就是生拉活扯着往前走，到达古城小野马的脖子勒出了血，一天天消瘦，格里格尔派助手进城采购药品和豆饼饲料，并招募了 50 辆牛车。

他们装着 80 匹小野马沿着天山北麓朝伊犁挺进。驻奎屯的俄国商团大方地接济了探险队，并把他们护送到阿拉木图。驻防阿拉木图的俄国军官热情有加，派兽医给野马治病，并把这消息电报了彼得堡。

格里格尔绕过俄国从西亚次大陆回德国。汽车运输队的老板贪得无厌，他把野马挤在三辆车上，挤出两辆装货，一路上车子时常坏，一修就是好几天。格里格尔既要掩人耳目，又要照顾野马，一路艰辛，过伊朗、土耳其，进入罗马。车队走了 4 个月，许多野马死在路上，抵达罗马时八十多匹野马死了一半。已接近冬天了，格里格尔与德国总督哈根贝克取得联系，总督派汽车队接应，历尽 8 个月的长途跋涉，在1890 年底，严寒来临之前，野马抵达德国汉堡。大部分野马死于路上，仅存活 28 匹，从此准噶尔野马经历了百年流亡生涯。

由于野马在海外受到气候等各方面的制约，过不了生存关和繁殖关，离开故乡后的野马逐年减少，面临灭绝的危险，已被列入《濒危野生动植物种国际贸易公约》的名录，成为世界上甲级濒危动物。现世界上仅存 1000 匹野马,比我国的国宝大熊猫还要珍贵稀少。

五

野马濒临灭绝,这一沉重的话题紧扣着国人的心,世界野马组织也提出了让野马"还乡保种"的设想。我国从 1985 年开始先后从英国、德国、美国引进了 18 匹野马。1996 年,在原国家林业部副部长、现任全国野生动植物保护协会主席董智勇的直接参与下,在准噶尔盆地的南缘吉木萨尔县以西 4 千米的一片荒漠上建起了"野马繁殖研究中心",开始实施野马"还乡保种"计划。

新疆野马繁殖研究中心成立以来,国家先后投资五百六十多万元,建成了科研、饲养和野马繁殖的基础设施。野马繁殖研究中心占地总面积为 9000 亩,其中半散放区面积达到了 3100 亩,通过十几年的努力,野马的行为研究已经完成,野马已基本上适应了在故乡的生活环境。这些野马繁殖的成功率由当初 20% 上升到目前的 85%,居世界首位。

我们看到野马养殖、繁育成功的一面,更让人担心的是野马还能"野"得起来吗? 它那剽悍、凶猛、桀骜不驯的野性还能重现吗? 野马无论在国外还是在家乡,一百多年来的圈养已从根本上磨灭了它的野性,而真正的野马应该是顶烈日、饮长风、卧冰雪、吃枯叶,疾驰于大漠戈壁上,长伴着长河落日。绝种的危险再一次缠绕着这批回到故乡的野马。它们的血缘也越来越接近,遗传疾病扼杀了小马驹的生命,近亲繁殖是野马致命的弱点。为了解决这个问题,研究人员想尽了办法,他们给每匹野马建立档案,按照亲疏关系进行配种,从中实现最优交配,将来还要到国外去进行交换公马。2000 年初春,野马繁殖中心最好的一匹成年母马"准噶尔 1 号"死于难产,死亡原因专家认定是野马过于肥胖。

一些国内外动植物专家频频发出警告，如果再不放野马归野，野马真的就像恐龙一样永远在地球上消失了。

为了使野马真正返回自己的天堂，新疆野马繁殖研究中心的工作人员从 1995 年起就开始着手放归野马的准备工作。首先，他们将人工饲养中的野马进行了半放养训练，以使野马恢复到野性状态下的生存能力。然后野马繁殖研究中心按野马的年龄结构、公母化比例和外界适应能力，从野马群中挑选了一个整体体质比较强健的家族马群进行野化训练。准备放野的 27 匹野马中有 9 匹公马，18 匹母马，头马是一匹 12 岁的公马。

最后，经过专家们的反复讨论，选定出了野马放野的最佳地点：卡拉麦里自然保护区以北、伦古河以南的荒漠。那里草原水丰草茂，植被多种多样，是放养野马的最佳选地。

放野时间定在了 2001 年 8 月 28 日。这一天，新疆卡拉麦里凝聚了世界的目光，27 匹脱缰的野马，箭一般的奔向了它们久违的故园。

野马放野迈出了第一步，它们首先在放野点附近地区觅食、饮水、嬉戏，它们吃完了附近的植被开始朝更远的地方走去。第一场大雪降临后，卡拉麦里地区的气温已达到了零下 30℃，有的地方积雪达到了 1 米深，野马繁殖研究中心的工作人员，在观测点看到这些野马仍然能用前蹄扒开积雪觅食。下雪那天，工作人员看到大公野马带头从山坡上走到一处结了冰的积水处转了一圈后，大公马扬起前蹄向冰面砸去，其他野马也跟着它砸起来，随着"咔嚓！咔嚓！"的声音，那冰便被砸开，饥渴了的野马连冰块带积水一阵猛嚼痛饮。工作人员看到这一幕高兴地笑了。

由于恶劣的气候，放养的 27 匹野马中已有 3 匹小驹死亡。监测人员还发现有一些野马的颈部和腋下都有汗，湿漉漉的，这是虚脱的症状，大部分野马已掉了膘。

　　3 个月后,他们逐渐适应了在他们祖先栖息过的家园觅食、寻找水源,与野狼搏斗,与恶劣的自然环境抗衡的生存条件。

　　2004 年 7 月 29 日 20 时 30 分,第二批 10 匹野马从装运它们的木笼中走出来,向着远方的地平线奔驰而去。

　　野马是否在故乡的野外"野"起来,除了能够度过气候关、觅食关以外,如何面对人类以及像狼一类动物的外来侵扰也尤其重要,由于野马圈养的因素,大大丧失了奔跑能力和抵御外来侵略的能力。野马真正的能在故乡繁衍生息还要有一个漫长的过程,我想只要通过人类的努力,这个过程是会很快被缩短的。

清朝皇帝圣旨失踪之谜

　　新疆和静县土尔扈特汗王府世代珍藏的 3 卷清朝皇帝敕书,这 3 卷文物入选了《中国档案文献遗产名录》,并被排列在 48 件入选文献中的第 18 位。据新疆维吾尔自治区档案局介绍,如果敕书被列入世界文化遗产,将会提高敕书本身和敕书所在地的地位和知名度,新疆的国际知名度也将会进一步提升。20 年前,当 3 卷敕书被发现和追还的消息公布于世后,曾引起社会各界的巨大震动。20 多年后的今天,3 卷敕书入选《中国档案文献遗产名录》,再次受到社会的极大关注。20 多年来,3 卷敕书也经历了一场从遗失到发现, 从复归到辉煌的曲折行踪。

一

　　1981 年 8 月,中共新疆和静县委决定编修《和静县志》。9 月的一天, 和静县史志办办公室主任洪永祥在县档案馆查阅历史档案时,县财政局蒙古族干部确德尔找来, 见面后很神秘地说:"你们搞县志,要不要王爷府的资料?"问题提的很突然。他们互相对望了一下,谁也没有敢回答要还是不要。因为他们都是从"文化大革命"中过来的人,听到"王爷府的资料"很自然地和"四旧"、"黑材料"、"变天账"等联系在一起，心有余悸，不敢表态。确德尔见洪永祥不语，就悄然离去了。

那天夜里雨下得很大，洪永祥翻来覆去睡不着觉，心里一直在嘀咕，甚至连作梦都在想。第二天，他冒着担"阶级立场有问题"的风险，偷偷去找确德尔。见面后，他说明来意，确德尔犹豫了好一阵子，才勉强打开办公室的抽屉，找出一张尘封多年的白纸条子。他接过手一看，只见上面写着：

借到

满汗王任命书三卷。

辽宁××出版社×××

洪永祥指着借条问确德尔："这是什么人？他为什么要借走这三卷历史文物？"确德尔回忆了当时的情况：那是 1979 年的夏天，一位作家要写一部以土尔扈特蒙古族返回祖国这一史实为题材的长篇历史小说，持辽宁××出版社的介绍信前来新疆体验生活，收集资料。新疆社科院民族研究所又介绍他来到和静，由县委宣传部出面联系，经县财政科领导批准，打开了当时属于"禁地"的财政科小库房。这间库房当时就设在满汗王府的偏房里，除了存放历年的县财政账本和发票外，还有"文化大革命"期间从满汗王府和巴仑台黄庙移存过来的当时属于"四旧"物品中部分蒙古族史料和实物。这位作家走进灰尘飞扬、碎纸满地的房子里转了一圈后，对几卷保存完好的浅黄色绫缎文件所吸引，便问这是什么文件，却没有人能回答上来。他沉吟片刻说："这对我的创作一定有用。"便提出借阅要求，他从随身携带的笔记本上撕下一张纸写了张借条，就将那三卷"满汗王任命书"拿走了。至于它是不是"满汗王任命书"，其价值究竟有多大谁也不知道，也说不清楚。他一"借"几年，音讯皆无。

听了确德尔所说的情况后，为了尽快搞个水落石出，洪永祥接连给辽宁××出版社发了三次电报，均无回音。接着他于10月初来到乌鲁木齐，找到满汗王二福晋席谋珍的弟弟，新疆大学历史系教授诺乐博，在他的引荐下，洪永祥拜访了新疆社科院民族研究所的郭蕴华老师。她告诉洪永祥说：这位作家来新疆后曾找过她，要过资料，到和静县也是她建议的。但他从和静返回乌鲁木齐后就再没有找过她。

从乌鲁木齐市返回后，洪永祥把了解到的所有情况如实向道尔吉主任作了汇报。几天以后，他通知洪永祥和小李两人去辽宁寻找这位作家，追回三卷"任命书"，并说这是自治区副主席巴岱指示的。

1981年12月中旬，洪永祥和小李抵达乌鲁木齐。第二天上午，他们前往民族研究所拜会了郭蕴华同志。她是中央民族学院历史系第一期高才生，学识渊博，对边疆特别是蒙古史有很深的研究。他们赶到她家时已经是中午了，她领他们到办公室找到所长并征得所长的同意后，给他们开了两张介绍信，一封是开给中国社会科学院民族研究所的，一封是开给南京蒙藏委员会资料室即国家第二档案馆的。因他们这次赴内地还有一项搜集档案资料的任务。郭蕴华同志还给自己的老同行写了封信，要求收信的人在工作住宿方面能给提供方便。信是写给中国历史博物馆明清史研究室的王宏钧的。她说："王宏钧是专门研究历史考古的专家。你们从辽宁迟××那儿把'满汗王任命书'要到手后，一定要去请王宏钧鉴定，由他提出处理意见，同时还必须尊重他的意见。"

二

1982年1月7日下午2时，洪永祥和小李抵达北京车站。

元旦刚过，天安门广场依然洋溢着一片节日的气氛。人来车往，人头攒动，每个人脸上都带着微笑，显得很兴奋。广场旁边建筑物巍然耸立,金光闪闪。整个广场火树银花,灿烂辉煌。夜风轻拂,尽管北京城要冷得多,但他们心里却热乎乎的,说不上有多高兴呢。

第二天早晨,洪永祥和小李每人吃了两块面包,便拿着郭蕴华的信件,依照画在信封上的路线,到中国社会科学院民族研究所找到马大正老师。"你们是从新疆来的吧?"这是马大正老师见面后的第一句话。"我星期二收到郭蕴华同志的来信,说你们来搞县志资料,让我帮点忙。"

他们将来北京的目的、行动计划和需要了解的情况介绍完毕后,他突然问道:"你们住在哪儿?"洪永祥告诉他自己住在宝财胡同福馐境旅馆。

他说:"那儿原是人防指挥部,现在是知青办的旅社,还不错。"他说:"你们稍候。"便拿着他们的介绍信去找所长,很快又返回来,交给他们一张开给中国社会科学院招待所的介绍信。"你们到东交民巷4楼招待所住下,熟悉一下情况,不要忙着找人,最好先到国家第一历史档案馆查一查对你们有用的历史资料,再到北京图书馆坐上十天半月,那里要什么书有什么书,摘录一些读书卡片。有什么需要我出面解决问题请打电话联系,保证随叫随到。"

在浩如烟海的藏书中,洪永祥把注意力全部集中在蒙古史料上。什么《青史》、《白史》、《多桑蒙古史》、《世界征服史》,还有《新疆建置史》、《新疆志稿》、《中国经营西域史》、《蒙古问题》、《异域录》,甚至连乾隆皇帝写的《土尔扈特全部归顺记》、《优恤土尔扈特部众记》两块长而且宽的碑文的拓印本也没有轻易放过,一览无余。有的作了笔录,有的复印。

在北京他们呆了有一个多月的时间,资料搜集工作虽然不够理想,但收获不少。他们决定离京赴沈阳。给马大正老师打了好几次电话,均说人不在。这时他们才想起郭蕴华曾说过,马大正除星期二、星期五在所里办公开会外,他平时都在家里办公,不到所里来的。所以他们又多呆两天,在星期五上午赶到民研所,马大正老师正好在所里开会。见他们来访非常热情并说:"来京这么多天,没有请你们吃一顿便饭,实在不好意思。"

接着,洪永祥把话题引上那位写借据的作家。马大正略一沉思,很简略地介绍说:"这个人我认识,是个作家,豪爽又健谈。1979 年夏天,他来我这儿,说要写一部土尔扈特人东归题材的小说,准备去新疆体验生活,收集些资料。几个月后,他又来找我,并告诉我他去过和静县,还从那里带回几件浅黄色文件,不认识写的什么文字,估计是清代皇帝的东西,想让我们研究历史的辨别翻译出来,也许对他的创作有用途。我听后,凭经验和直觉,这可能是一次重大的发现,很可能是清朝皇帝颁发的有关文献。我问他带回的文件呢?他说,那几件文件体积太大,不好随身携带,已从新疆直接邮回辽宁老家,他回去后一定拍照片寄给我。他说话还算数,那年冬天他把三张照片寄赠给我,我立即请我们民族研究所的满族专家汪玉明同志辨认,并按其满文汉译出来。我看后大吃一惊,这是敕书,是清朝皇帝的三件谕旨,果真是难得的稀世文献。"

那位作家所借的"满汉王任命书"之谜总算真相大白了。洪永祥激动的浑身发抖,全身血液似乎一下全凝固了,只有一颗心在猛烈地跳。这一刻,洪永祥恨不得立即插翅飞到沈阳去,从作家手里取回那三件稀世瑰宝!

也许是心情不好的缘故吧,在告别前洪永祥竟忘了向马大正老师要上一份三张敕书的汉译稿复印件。

2月17日下午3时许,他们到达沈阳车站,晚上住进人民政府第一招待所6楼。

第二天上午,他们找到了辽宁××出版社寻访那位作家。一位姓李的同志领他们去见辽宁××出版社的领导。他们说明来意,递上县委开的介绍信,并出示打的借条让领导——过目,辽宁××出版社领导看后很惊讶,副总编夏某说:"你们要找的这位作家不在我们单位。"人事科长说:"你们所谈的情况,我们事先一点都不了解。"这无疑是给洪永祥当头一棒,焦虑不安的情绪顿时涌上心头,竟不知如何是好了。洪永祥愤然顶撞一句:"这么大的事,难道你们真不知道?"夏某同志察觉到洪永祥情绪上的变化,耐心地跟他们说:"既然此事与我们出版社有关,我们一定设法查找他的下落。"

两天后,辽宁××出版社文艺编辑室的一位同志来找洪永祥。见面后,他先作了自我批评,然后介绍情况说:"他是我们的一位作者,在沈阳还称得上是一位重点中青年作家,现为沈阳一个区的文联秘书长,人挺稳重。三年前他去新疆搜集资料是我们文艺编辑室出面办的介绍信。总编和人事科均不了解这一情况,而且也不认识他。他从新疆把资料带回来后,即埋头于长篇小说《归魂》的写作,出版社已列入出版计划,书一经写出,就出版发行。但他从没有告诉文艺编辑室他从新疆带回什么资料,我们也从未过问,以致事隔多年,让你们千里迢迢前来寻找。现在我们已给他挂了长途电话,请他立即把三卷文献送到出版社来,这一点请你们放心好了。"这时候,洪永祥一直高高悬起的心略略平静了一下,总算松了口气。

来沈阳已经五六天了,每天早晨都是浓雾弥漫,洪永祥坐在6层高楼上凭窗远眺,什么也看不清楚,一切都笼罩在茫茫雾海中。但2月22日早晨,却见雾气稀薄,天色爽朗。给人特别欢快的好心情。洪永祥想,今天一定有喜事。

果然不出所料,快到中午,出版社文艺编辑室的那位同志领着一位年轻人,兴冲冲地来见他们。那位年轻人自我介绍说:"我受老师之托,特地来送三卷文献。"

文艺编辑室那位同志笑着说:"紧紧张张忙乎了一阵子,还不知庐山真面目呢,快打开让我们见识见识吧!"

那位年轻人得救似地应了一声,急忙把三卷文献打开,摊放在桌面上。

天啊!真是稀世珍宝。

仰慕已久,苦苦追寻的三卷敕书,终于拂去岁月的封尘,重见天日了。

三卷文献原来是清朝康熙、雍正、乾隆三代皇帝致土尔扈特部首领的三件谕旨,分别是《康熙谕阿玉奇汗敕书》(康熙五十一年五月二十日)、《雍正土尔扈特汗敕书》(雍正七年五月十八日)、《乾隆谕渥巴锡、策伯克多尔济、舍楞敕书》(乾隆三十六年六月二十日)。

这三件敕书,均系用满文和卫特蒙古文两种文体书写的文献,恭笔缮写在宽 40 厘米、长 200 厘米的淡黄色的缎幅上,字迹清晰、色泽明丽。缎幅四周绘有精美华丽的黑色云雷花纹,卷末均盖有玉玺。缎幅用宣纸精心裱糊成卷,卷的两端装有木制卷轴,一端还有精巧的骨制别针。三卷敕书制作精良、华贵,不仅是土尔扈特部历史文献,也是国内的一件重大发现,是具有重大学术价值和历史价值的稀世文献,而且还是一件独具神韵、极富欣赏价值的艺术珍品。

出版社文艺编辑室的那位同志让洪永祥给他打了一张收据,送给洪永祥一份敕书汉译稿,就告辞了。

下午该社人事科长向洪永祥转告了沈阳省公安厅的建议和省出版局领导讨论的意见:第一,新疆的同志可以先走,把文献留下,由出版局派专人送达;第二,该文献不宜在旅馆存放,可暂时交出版局保管。因为要是万一走露了风声,坏人要抢劫,新疆两位同志的生命都很危险。既然事情发生在沈阳,我们就必须保证在沈阳不出问题;第三,该文献在私人手中长达三年之久,须由专家作出鉴定,以辨明真伪;第四,经鉴定确系真品,必须派专人护送,以防万一。

末了,人事科长征求洪永祥的意见说:"你们有什么想法,可以谈谈。"

洪永祥说:"想法只有一点,我必须亲自把文献带回新疆去!"

人事科长说:"你的意见我们一定负责转告领导研究。"接着又问:"你们现在住在哪里?"

洪永祥告诉他:"住在军人招待所。"

人事科长说:"那怎么行,必须马上换地方。"

于是,他叫人去联系住宿。房间很快联系好了,出租车也叫来了。洪永祥来到军区第二招待所,向小李说明情况,退了房间,又坐车回到出版社,把三卷文献交给人事科长锁进保险柜里。然后小车把洪永祥送到沈阳第一流的旅馆——辽宁大厦,并约好后天上午与文艺编辑室的那位同志见面。

三

次日9时还不见有人来。洪永祥急了,心跳得很厉害,不停地拨文艺编辑室的电话。看看表,已经快十点钟了,不能再等了。洪永祥决定马上坐电车赶到出版社去。可是路线不熟,转东倒西,边走边问,一个小时后才赶到出版社。文艺编辑室的那位同志不在。一位姓李的同志告诉洪永祥说:"已经鉴定过了,是真品!"为了弄清真相,洪永祥只好等那位同志回来。

中午一点钟,文艺编辑室的那位同志终于来了。

他很抱歉地说:"早晨八点钟公安厅就来人了,我特别提到你,他们说新疆的同志没有必要去了,让我们负责把鉴定后的情况告诉你们一声就行了。"

当洪永祥问及鉴定经过时,他说:"我们把三卷文献拿到故宫博物馆,是由副馆长杨仁恺逐件进行了认真鉴定,确认这是真品无疑。"见洪永祥不语,他又介绍情况说:"杨老是古诗画研究专家。去年到美国鉴定一副古诗画后,作了一次报告,震动很大。他是辽宁这方面的权威。"

洪永祥又问道:"你们打算怎么处理?"

他说:"很可能要找你谈话,动员你同意将文物交给北京故宫博物院。"

洪永祥说:"我要是不同意呢?"真是一波未平,一波又起。洪永祥真有点支持不住了。

沉默一会儿他悄声说:"如果昨天下午你不来找我们,公安厅可能要出动人员在锦州、大连各旅社、车站打听你们的下落,绝对不允许你们把文物轻易带走。他们说,像这样珍贵的历史文物,不应该流失在外,应交给北京文物保护部门或故宫博物院保存才是。"

下午三点钟,辽宁出版局办公室副主任李吕显在办公室会见了洪永祥,他开门见山地说:"这件事已经轰动了沈阳市主要领导,引起高度关注。我们初步研究决定,由公安厅护送到北京故宫博物院保存。你们把国家这样珍贵的文物借给私人,本身就是一大错误。我们负责护送到北京后,由你们带走或者北京留下,再作具体研究。但我们必须保证在沈阳地区不要出问题。"

没等他把话说完,就被洪永祥顶了回去。洪永祥说:"这三卷文物如何处理,沈阳地区领导和我本人都没有决定权。这个决定权属于新疆维吾尔自治区人民政府,而我现在的权力只有一个,就是保证把这三件文物带回新疆去,如果你们仅仅是为了怕在沈阳出问题不好交差才决定护送到北京,那你们就不必护送了。我知道我会怎样保护它的。那位作家能够从新疆带到沈阳,我也一定能够安全带回新疆去。我会像保护自己的生命一样保护它的。从某种意义上讲,我可能比你们更懂得这三件文物的价值所在。"说到这里洪永祥停了下来,见他们没有反应,洪永祥接着又说:"我这次来沈阳的任务就是追寻这三件文物,而现在新疆的党政领导还没有见到原件,你们就做出决定直接上交北京,你们这样做合适吗?如果有人问你们作出这样的决定,是代表国务院还是代表你们自己?你们怎么回答?如果你们代表自己,请问:新疆的事你们可以决定吗?是谁给了你们指挥的权力?你们想过它的后果没有?这样做将会给党的事业造成多大的危害。将来国务院追查起来,你们将如何回答?"

......

几天之后,辽宁××出版社特地为三件文献做了一只木匣子,当着洪永祥的面将三件敕书装进去,才郑重地将木匣子交到洪永祥手中。出版社还为洪永祥订好了机票,由文艺编辑室那位同志送洪永祥到机场。

文艺编辑室的同志把洪永祥送到飞机场,临别前,紧紧握住洪永祥的手说:"一路小心!"

2月27日,洪永祥到达北京。遵照新疆民族研究所郭蕴华老师的嘱咐,到中国历史博物馆明清史研究室,请王宏钧同志进一步确定这三卷谕旨的历史价值。王宏钧同志是明清史专家,刚从土耳其考察回来。他热情地接待洪永祥,小心翼翼地取出三件谕旨,一一摊开在桌面上,聚精会神的鉴赏起来。他时而闭目深思,时而扬眉惊叹。他轻轻地抚平卷角道:"难得啊!真是难得!这不但是真品,简直是珍品!"他指着朱红玉玺印章说:"这三件谕旨,不光字迹清晰,而且玉玺'敕命之宝'四个字也印得鲜艳夺目,就连绫纸、丝条也保持原来的样子。"他沉默了片刻,仿佛在抑制情感,指着康熙致阿玉奇的那卷谕旨补充说:"二百七十年前,图理琛费尽千辛万苦,就是带着它从北京出发,到达伏尔加河地区去慰问土尔扈特兄弟姐妹的,想不到今天它又出现在北京,这难道不是一种奇迹吗?暂时不谈它本身的历史价值,就土尔扈特人民扶老携幼,前有沙俄军队阻击,后有骑兵尾追,且战且进,辗转六个月,行程数万里,死亡十余万,在历尽艰险下重新返归祖国时,能把这三件谕旨带回来,并能保存到现在,这本身就是一件非常了不起的事情,不值得我们大书特书吗?"王宏钧同志的这一席话,说得洪永祥耳根发热,热泪盈眶,既庆幸这三件珍品终于寻找回来,又对过去有些同志将如此珍贵的历史文物任意借出的违规做法深感不安。

四

这三件敕书之所以珍贵,之所以称为稀世珍品,其价值不仅仅因为它是清代前期的文物,还是因为它与三次重大的历史事件紧密相关,是三次重大的历史事件的直接见证。《康熙谕阿玉奇汗敕书》是图理琛使团出使伏尔加河阿玉奇汗时的"国书";《雍正谕土尔扈特汗敕书》是出使土尔扈特汗的满泰使团的"国书";而《乾隆谕渥巴锡、策伯克多尔衮、舍楞敕书》则是土尔扈特部东归故土到达伊犁后,乾隆给他们的信件。

土尔扈特是卫拉特蒙古四部之一。17世纪30年代,由于卫拉特四部内部的矛盾与纷争,土尔扈特部在其首领和鄂尔勒克率领下,穿越茫茫戈壁,跋山涉水,西迁到当时荒无人烟的额济勒河(即伏尔加河)一带放牧求生。斗转星移,代代相传,他们在这一地带生活了140年。他们远离故土和中华儿女,时刻怀念着祖国,他们不断派遣使者向作为祖国统一象征的清政府"奉表入贡"。和鄂尔勒克的曾孙阿玉奇汗,遗派萨穆坦假道西伯利亚,经库伦到达北京,历时两年。这位回国探亲的萨穆坦带来了土尔扈特部人民对祖国的思念和忠诚。

这使康熙皇帝大为感动。他于1772年(康熙五十一年)派出以内阁侍读图理琛等人组成的使团,假道俄国前往伏尔加河下游慰问驻牧在那里的土尔扈特部父老乡亲和兄弟姐妹。

清朝政府派往伏尔加河下游慰问土尔扈特部的使团是由下列人员组成的:太子侍读殷扎纳、理藩院郎中纳颜,新满洲噶扎尔图、米邱及内阁侍读图理琛。此外,还有阿喇布珠尔派回阿玉奇和他父亲处的厄鲁特人舒哥、米斯等人组成。同行的还有3名随从武官,22名家仆,共计32人,使团的首脑是太子侍读殷扎纳。

使团成员之一的内阁侍读图理琛,字瑶圃,满族,热河人,姓阿颜觉罗斯,属满洲正黄旗。康熙二十五年(1686年),考授内阁撰文中书舍人。康熙三十六年(1697年)升为中书科掌印中书舍人,不久又升为内阁侍读。康熙四十二年(1703年)曾担任礼部牛羊群总管,康熙四十四年(1705年)因短缺了牲畜头数被革职,赋闲在家。康熙五十一年(1712年)清政府招聘出使土尔扈特部的人员,图理琛主动要求出使官职。经康熙皇帝批准他为出使土尔扈特部使团的成员,并恢复他原来内阁侍读的官职。他本不是使团首脑,但出使回国后,根据他们出使土尔扈特部的经历和见闻,撰写了《异域录》一书呈献给了康熙皇帝,受到康熙皇帝的嘉奖,并准其刊行。该书问世后,曾驰名中外。因此,后来人们把这个使团通称为"图理琛使团",而且得到中外人士的一致公认。

图理琛使团于1712年6月23日由北京启程,过张家口北上,经察哈尔蒙古,喀尔喀蒙古,于8月13日到达了俄国的边境城镇楚库伯兴(今色楞格斯克),进入了西伯利亚。由于西伯利亚总督噶噶林沿未接到沙皇政府准许我使团过境的通知,便以此为借口中断了使团的行程,迫使图理琛一行不得不在色楞格斯克停留了五个多月,直到次年的1月30日,使团才得以从色楞格斯克出发继续前行,2月底到达了伊尔库次克。这时,沙皇政府又对中国使团"须深加钦敬,不可稍在怠忽"为名,不顾使团一再要求由陆路迅速赶路的愿望,要使团等候昂哥拉河解冻后由水路前往，这样又强使图理琛一行在伊尔库次克停留了3个月。3个月后，使团迂回绕道，水陆兼程，经叶尼赛斯克，于8月13日到达了俄国与土尔扈特部交界处的萨拉托夫城。这时又值隆冬季节，暴风雪席卷着伏尔加河草原，行程又被中断了。使团只好又在萨拉托度过了第二个冬天，直到1714年5月，使团才渡过了伏尔加河进入了土尔扈特部境地。他们整整走了两年多时间，行程一万多千米，受尽了长途跋涉的艰辛，克服了重重阻挠和困难，终于到达目的地——阿玉奇汗的驻地马努托海，受到土尔扈特人民盛大隆重的接待。《康熙渝阿玉奇汗敕书》就是图理琛带给阿玉奇的谕旨。

图理琛使团在阿玉奇处"留旬余，筵宴不绝"。他们在阿玉奇处停留的14天中，除阿玉奇一再宴请外，阿玉奇的妹妹、和硕特部首领鄂齐图车臣汗的妻子多尔济拉布坦，阿玉奇的长子沙克都尔所布等，都分别设宴款待来自祖国的使者，还为使团举行了蒙古族传统的射箭、摔跤、赛马等娱乐活动。阿玉奇的妻子达尔玛巴拉，长子沙克都尔扎布，幼子策伦敦罗卜，妹妹多尔济拉布坦等人都向使团赠送了礼物。策伦敦罗卜还送给康熙皇帝一支鸟枪，请使团回国后传达他对康熙皇帝的衷心祝福。

1714年6月14日，阿玉奇在驻地隆重列队欢送使团回国，还派遣所属各首领率兵护送使团离开阿玉奇的驻地马努托海，护送队伍一直把使团送过了伏尔加河后才依依告别而归。

图理琛一行循原路返回，于1715年5月回到了北京向康熙皇帝复命，胜利地完成了出使任务，受到了康熙皇帝的嘉奖。

图理琛使团出访土尔扈特部是清政府第一次派出使团出访欧洲，这是17世纪初清政府在巩固和加强中央集权、统一全国的过程中处理边疆民族问题，特别是卫拉特蒙古问题的一次重大的有深远影响的政治决策。这次万里出访，不仅给远在伏尔加河流域的土尔扈特部带去了祖国的亲切慰问和关怀,进一步加强了土尔扈特部对清政府的隶属关系;增进了祖国和土尔扈特部的联系,并在客观上粉碎了沙俄一贯挑拨土尔扈特部同清政府之间、土尔扈特部与准噶尔部之间关系的阴谋,打击了沙俄妄图吞并土尔扈特部的野心。亦为18世纪70年代土尔扈特部重返祖国奠定了精神基石。

1724年2月19日,阿玉奇汗病逝。这位著名的游牧民族汗王,在他五十余年的执政期间,为土尔扈特蒙古世族的繁荣与强盛,作了不懈的努力,使汗国在强大的沙皇面前保持独立与自主,博得人们的崇敬与怀念。

阿玉奇汗病逝后,由其四子车凌端多布继承汗位。但他才能有限,无论在领主中,还是在部族民众均无威信。在他执政10年(1724年~1735年)时期是土尔扈特汗国动乱时代的开始。由此,部落内部开始了无休止的争执和内讧,俄国政府趁机取得任命土尔扈特汗王的特权。这促使汗国执政者及其民众不能不在感情上更加思念祖国亲人和曾亲切关怀过他们的清朝中央政府,他们企盼通过加强与祖国的联系,改变他们当时不利的处境和被动的命运。

清雍正八年(1730年)车凌端多布派遣使臣赴北京,并到西藏谒见达赖喇嘛。次年雍正帝派出以副都统满泰为首的使团对远离祖国的土尔扈特人民进行慰问。

满泰使团一行于1731年2月30日抵萨拉托夫。车凌端多布特遣宰桑刚达、扎布专程迎接来自故土的亲人。同年5月7日,满泰一行到达土尔扈特游牧地。5月11日,阿玉奇汗遗孀达尔玛巴拉和车凌端多布会见满泰一行,并举行盛宴。俄国档案文献中记录了这次会见的具体情况:"汗本人和他母亲及沿固尔喇嘛(首要神职人员)不止一次地不仅向使臣,而且向他们全体随员赠送了礼品。汗跪接使臣交给他的谕旨。"这个谕旨就是《雍正谕土尔扈特汗敕书》。

满泰使团对汗国的访问,确实在政治上给了车凌端多布以极大的支持。谕旨温暖了土尔扈特人民的心,车凌端多布在会见满泰时表示:"愿为清政府统一西北边疆效力。"当俄国政府得知清政府承认车凌端多布为汗王时,也赶忙赐其封号,正式承认其汗王地位。

满泰使团于同年 5 月 24 日启程返国,车凌端多布赠送盘羊 100只,送至伏尔加河岸。

满泰使团访问土尔扈特,同图理琛使团一样,是土尔扈特历史上具有深远影响的事件。并为土尔扈特部重返祖国奠定了牢不可破的基础。

清乾隆三十六年(1771 年 1 月 5 日),土尔扈特、和硕特等人民不堪忍受沙皇俄国的蹂躏与奴役,在其首领渥巴锡的率领下,高呼:"我们的子孙永远不当奴隶!""让我们到太阳升起的地方去!"的豪迈的口号,举行了震惊中外的武装起义,踏上了回祖国的征途。这三万三千多户,十九万九千人,汇成一股不可战胜的铁流。这是一次惊天地,泣鬼神的伟大壮举。土尔扈特人民眷恋祖国其情之切,誓死回归其志之坚,在人类民族迁徙史上留下了可歌可泣的英雄篇章,也为维护祖国的统一树立了光辉的典范。

清乾隆三十六年(1771 年)的六月,这批中华民族的优秀儿女,顽强地战胜了沙皇军队的阻截,以及瘟疫和饥饿等等灾难,牺牲了十多万兄弟姐妹,抛弃了大批牲畜和行装,到达了清朝卡伦附近的他木哈,投入了祖国的怀抱,实现了回到祖国的宿愿。他们所付出的代价,所蒙受的牺牲,谱写了一曲热爱祖国的壮丽之歌。

土尔扈特人民经过半年的辗转跋涉,到达祖国时,衣不蔽体,其幼孩无一丝寸缕者。回国后,受到了清朝政府亲切的接待和周到的安排。乾隆特派御前大臣亲王固伦额驸色布腾巴勒珠尔,领侍卫官员前来伊犁迎接,并传谕伊犁将军舒赫德发放衣食,拨给牧场耕地。为安置土尔扈特人民,共供给马牛羊十二万五千余头,从内地运来牲畜十四万头,拨官茶二万多封,米麦四万一千多石,以及羊裘五万一千多件,布六万一千多匹,棉花五万九千多斤,毡房四百多顶,总计动用国库银二十万两。除当时清政府赈济外,新疆各地的各族人民,也为回归祖国的土尔扈特、和硕特的兄弟姐妹主动捐送粮食和布匹。

为记载我们多民族统一的祖国得到进一步的巩固和发展,清高宗弘历亲自撰写《优恤土尔扈特部众记》,刻碑于承德。并赋诗曰:"终焉怀故土,遂尔弃殊伦。"

这三卷谕旨之所以珍贵,正因为它目睹了沙皇俄国对土尔扈特人民的残暴奴役;它目睹了流落异域他乡的中华儿女对祖国的眷恋和怀念;它目睹了十九万人民不向死亡低头,敢向灾难挑战誓死回归祖国的钢铁意志;它目睹了土尔扈特人民回祖国之后各族兄弟姐妹对他们的赤诚相助。祖国——太阳升起的地方,是土尔扈特人民得以回归的动力。这是又一曲民族大团结的赞歌。

中国最后的"王爷"

1995 年,末代皇帝爱新觉罗·溥仪的弟弟"北京王"溥姬去世后,由旧政府册封的"库车王"指定继承人达吾提·买合苏提(下文简称达吾提),成为中国今天活着的最后一位"王爷"。

今年 77 岁的"库车王"虽然年事已高,但他思维清晰,胸怀宽广,仍旧有着王者风范,至今活跃在新中国的政坛上,目前担任库车县政协副主席的职务,同时受聘担任库车县纪检委、工商局、卫生局等二十多家单位的行风监督员。

2005 年 7 月,库车县政府决定将投入七百多万元重建库车王府,末代"库车王"达吾提不久将入住重建后的库车王府。

库车县地处塔克拉玛干沙漠的边缘,周围有天山、帕米尔、昆仑山作屏障,无垠的沙漠又把它包围,形成了一个天然的封闭系统,是古丝绸之路东联中原西通欧亚大陆的重要中枢。龟兹古国就在其境内,龟兹石窟壁画、克孜尔千佛洞等丰富的历史文化底蕴,让库车更是名扬中外。清朝政府册封的最后一位"库车王"就生活在这块神秘的土地上。

议政"王爷"

带着一份神秘和好奇,近日笔者飞赴库车县对"库车王"达吾提进行了独家专访。

笔者到达库车时,听说达吾提老人因劳累和疾病正在库车县医院住院治疗。在医院的病房门口,笔者看到病房内挤满了前来探望病人的各族群众。翻译告诉笔者,病房里的那几位维吾尔族群众是来找达吾提反映问题的,达吾提老人正在认真地给来访者讲处理问题的意见。笔者虽然不懂维语,但是从他们的轻松幽默的语调中和维吾尔族群众的笑声中感觉到这些维吾尔族群众已找到了满意的答案。

"达吾提主席是个热心人,近年来为我们库车县的各族群众办了不少实事、好事。"库车县库车镇人民医院院长艾尔肯说,他们为医院的事情曾多次找达吾提主席反映,在达吾提主席的多方多次奔波协调下得到了圆满的解决。

达吾提老人用清晰的汉语说,他虽然有着一个旧政府册封的"王爷"称号,那个称号给他带来的是人生更多的磨难。在特殊时期,在"王爷"的光环下,"王爷"自己却连一个普通人的生活都不如;如今,他是县政协副主席,他在为人民办事,为各族群众当家,他觉得他在后半生真正实现了自己的人生价值。他表示,有生之年,他愿意为各族群众多办些实事。

童年的"巴郎子王"

1927 年,达吾提出生在古城库车县一个维吾尔族的家庭里。刚出生时一双机灵的眼睛闪动着调皮的目光,非常招人喜爱。

达吾提的大伯第十三代"库车王"麦王当时年事已高,却一直没有孩子,一直为没有人来继承王位而忧心忡忡。近年来,麦王一直在家族的后代中悄悄地挑选继承人。三弟家的小达吾提聪明可爱,深得麦王的喜欢和关注。

达吾提两岁时的一天,麦王来到他家对其父亲说:"老三,跟你商量一下,我没有巴郎子(孩子),我想收达吾提为养子,日后好继承王位。"麦王诚恳威严的话语,让达吾提的父亲沉思不语。事实上达吾提的父亲对儿子非常疼爱,要走儿子等于割他的心头肉。考虑再三,觉得麦王是自己的亲兄长,孩子过继给大伯也是个名份上的事,况且孩子过去后能够受到良好的教育,日后定能成才,也就答应了。

1929年春天,达吾提被隆重地接进了库车王府。从此,他的人生开始发生了巨大的变化。达吾提与所有王子一样,在王府里过着童年富贵优越的生活,生活起居有专人伺候,开始接受严格的教育。

达吾提4岁的时候,麦王专门为他请了先生教授他读经文,接受正规的宗教礼仪教育。由于达吾提聪明好学,很快就在经文中找到了乐趣。7岁时,继父麦王把他送到了库车县第一小学上学。

正当达吾提过着无忧无虑的王子生活,接受着良好的教育时,祸从天降。他的继父麦王是民族上层进步人士,看不惯盛世才欺上瞒下的卑劣手段,开始参加进步活动。没想到被盛世才的特务盯上了。因为麦王的一言一行将影响到整个库车县,麦王的进步言论让盛世才大为恼火。

1937年7月,盛世才下令将第十三代库车王——麦王秘密抓捕,麦王从此一去不复返。库车王府被充了公,家产被没收,养母也随之离去。达吾提王子富裕的王子生活结束了,他将面临的是失学和饥饿。无奈,达吾提被亲生父亲接回家中。虽然又回到了家中,一贫如洗的家,让达吾提仍然忍受着饥饿。

1941年,盛世才为了统治新疆,挖空心思地想利用旧体制下王公贵族的影响为他所用。便决定恢复在疆王公、阿訇、喇嘛的社会地位。而要治理南疆重镇库车县,他首先想到了当年在库车县颇有威望的

"库车王"。然而,麦王已被他杀害,惟一的补救办法是恢复小王子达吾提的王爷称号。同年,仅14岁的达吾提重新获得"库车王"的称号,他仍旧一贫如洗,惟一不同的是他成为年龄最小的"库车王",被人们称为"巴郎子王"。

达吾提继承王位之后,林基路当了库车县县长,林基路到了库车兴修水利,兴办教育,为民做主,很受群众的敬重和喜爱。在他的提议下,库车城内修建了中心小学,两层的教学楼,很气派。那一年这个学校办了个国语学习班,是利用暑假办的。达吾提的文化知识就显得不够了,于是他报名参加了为期三个多月的学习班,达吾提的汉语基础就是那个时候打下的。

后来,据说盛世才安排县政府又发来通知,安排达吾提到迪化(乌鲁木齐)去学习。因为当时县上财政困难,达吾提的经济状况不好,政府还是从县文工队的收入里面,为达吾提凑足了路费。达吾提拿着县政府给新疆省教育厅开的介绍信,乘坐沙雅一个商人的畜力车,踏上了求学的路途,在路上走了27天,才到达乌鲁木齐。

到达的第二天,新疆省教育厅的徐厅长,新疆督办盛世才,分别接见达吾提,讲了一些国计民生的大道理。根据盛世才的安排,有关部门把达吾提送到了省立第一高中,开始了他为期三年的学习生涯。

1945年7月,达吾提高中毕业了,准备回库车,此时,盛世才已经调离新疆,继任省长的是吴忠信。

达吾提拜见吴省长,向他反映了一些情况。并向他提出了自己的请求,那就是归还民国二十六年(1937)盛世才没收的家族财产。吴忠信听了以后,当时就答应了。

不久,有关部门就归还了达吾提家族的房子和土地,又给新疆省第四监狱下指示,归还了麦王的一些衣物,包括一件呢袄,一套棉衣,一件无领衫,一条裤子以及一张放大的买合普孜亲王照片。

　　第二年，县里又对王府进行了部分修缮，花了一些钱。这时候除了"库车王"的头衔外，达吾提没有任何权势，也没什么职务。

　　高中毕业回到了王府，这段时间里，库车发生了很多事情。

　　此时是民国三十四年（1945年），三区民族革命军消灭了驻在拜城的国民党部队。解放拜城后，队伍又开到了阿克苏。当时驻在库车的国民党部队，有个项师长，为了抵抗三区民族革命军，继续维护他们在库车的统治，采取了许多措施。其中就包括将部分开明人士、社会上的达官显贵，召集在县政府大院里，软禁起来。库车王达吾提虽年纪小，可也是被软禁的对象。那时候库车的时局十分紧张。国民党在周围的战略要地修筑堡垒，组建国民军团，组织军、警、民三方面的人，在城里城外，还有山区，严加盘问外来者，尤其是伊犁来的人，甚至带红帽子的人，都要监控；又把城外的汉族人迁到城里来，封锁城外主要道口，在城墙、炮台上，安放重型武器，通过维吾尔文化促进会，通过集市市长，还有商会等，进行反动宣传，四处造谣，蛊惑人心，弄得人心惶惶。一个多月后，三区民族革命军撤出了拜城和阿克苏后，他们才被允许离开政府大院。

　　1946年5月，三区革命胜利的喜讯，极大的鼓舞库车青年。在这种局势下，一批先进青年以艾则孜·玉素甫为首，发起革命运动，在社会上产生很大影响。这段时间，达吾提去乌鲁木齐小住了几天。

　　有一天，达吾提听说民族军上校阿布都热依木从伊宁那边过来了，到达乌鲁木齐，便打听到他住的那个客店，前去拜访了他。阿布都热依木身穿标准的民族军制服，很热情，和达吾提握了手，问了好，又问起库车的情况，达吾提向他介绍了自己和库车的情况，还有自己此行的目的。他告诉达吾提，三区民族革命军很快就要与中央政府代表团签署十一条和平协定，组建新疆省联合政府。新疆政治社会局势很快就会好转，并会日趋稳定，新疆各族人民很快就能安居乐业。他还要求达吾提向群众进行宣传。表示坚决支持三区革命政府。

有一天,达吾提接到阿合买提江的请帖,邀请他参加在南花园设的茶宴。客人到齐后,达吾提看到,阿合买提江·哈斯木、赛福鼎·艾则孜、阿布都克力木·阿巴索夫等人全来了。客人都是南疆人,大家来到乌鲁木齐的主要目的是拜访三区革命领导,并且了解一些情况。阿合买提江致欢迎词。他指出三区革命的目的决不是将新疆从祖国的怀抱分割出去,而是配合全国人民,使中国共产党领导的人民解放战争,尽快取得胜利。同时他还告诉大家:就要签署十一条和平协定了,三区要和国民党政府一起,组建联合政府,制定并且实施《施政纲要》,全面推行民主选举。人民的民主权利、自由权利,都将得到保障。

不久,达吾提和一个叫阿木提·艾则孜的青年结伴返回库车。此人具有进步思想,家在拜城。一路上,阿木提·艾则孜又向达吾提灌输了许多新的思想。

达吾提回到库车,没有立即去见县政府的官员,而是先拜访了艾则孜·玉素甫等人,向他们通报了乌鲁木齐的革命形势,并转达了阿合买提江·哈斯木等领导的希望。艾则孜·玉素甫也向达吾提介绍了库车的斗争情况,最后,他们就进一步加强青年革命运动,广泛宣传十一条和平协定等达成一致,决定利用"主麻日"礼拜时间,进行宣传。

一个"主麻日",达吾提到哈尼卡清真寺,向依玛木穆安津礼拜宣礼员通知,礼拜后,达吾提要向群众发表重要讲话,要求群众礼拜之后不要离开。礼拜后,达吾提激动的走上礼拜台,向三四千群众介绍三区革命胜利、三区革命和国民党当局的和谈情况,联合政府的组建和十一条和平协定,还有《施政纲要》等等。他说:"按照《施政纲要》精神,我们即将全面进行民主选举,全疆各地,将要通过民主选举产生政权机构。我们将要取消压在人民头上的非法苛捐杂税,将对贪污腐败贿赂等行为进行严厉打击,消除剥削和压迫!人民将享有发言权、出版权、聚会权。最后我要求,群众回去后,在农牧区加强这方面宣传。"他的话刚结束,全场立刻沸腾起来。现场群众群情激昂,人心振奋。这是达吾提第一次在这样大的场合发表政治演讲。

"王爷"行长

1947年1月1日,经库车县政府与新疆省商业银行协商,任命达吾提担任商业银行库车沙雅新和中心支行副行长。有了这个特殊的身份作掩护,为达吾提开展民主革命运动提供了许多方便。

那时库车县的革命者也同哈密、焉耆、轮台等地的革命者一样纷纷动员各族群众脱离蒋介石的反动政权。达吾提带领这些进步青年做了大量宣传革命反对蒋家政权的活动。此时的达吾提深受库车各族群众的拥护和爱戴。

库车县根据新疆执行的联合政府和平条款,县政府开始改选。由于达吾提在各族群众中的威信,达吾提被推举为选举委员会的主任委员。在当时的政治背景下争取达吾提的支持,成为国共两党人士在库车的斗争焦点。

选举工作开始后,达吾提按照青年革命者的意思,把选举者分为四个小组。但是,因为青年革命者与亲蒋分子之间的矛盾,选举工作一度搁浅。国民党为了达到目的,决定镇压青年革命者的活动。首先对达吾提采取了强制措施。一天晚上,两个国民党特务敲开了达吾提家的门,用枪指着他,把他押到了库车县公安局,逼他表态脱离革命。尽管如此,达吾提还是铁了心地站到革命者的立场上。

1949年10月1日,毛泽东主席在北京天安门向全世界庄严宣布:"中华人民共和国成立了!"消息传到古城库车县,达吾提欢心鼓舞,亲手把鲜艳的五星红旗升起在支行大院子的上空。

曙光就要升起,可是幽灵还要在黎明前的黑暗中挣扎。驻扎在库车县的国民党军队逃离时,把银行洗劫一空,一把火把银行烧光。达吾提望着自己苦心经营的银行,乱箭穿心,痛苦万分……

"王爷"的婚恋不浪漫

1946年,达吾提与一位漂亮的小学教师相恋。这位维吾尔族姑娘不但人长得漂亮,而且知书达礼、善良贤淑。结婚后夫妻俩出双入对,相敬如宾。

然而,好景不长,美满的幸福生活在他们的孩子出生时画上了句号。孩子出生时达吾提的"爱妃"难产,大人孩子都一同去了。留给达吾提的是五雷轰顶般的震惊和万箭穿心似的痛心。连续三天他滴水未进,失去爱人的痛苦伴随他半年之久。

达吾提这种对妻子刻骨铭心的爱,深深地打动了另外一位美丽大方的姑娘——他的小姨子。一直暗恋着这位"王爷"姐夫的姑娘,和父母商议后来到姐夫家照料姐夫的生活。两人朝夕相处,达吾提从小姨子身上似乎看到了爱妻的影子,半年后两人相恋结婚了。

他们爱情的结晶是两个"巴郎子"。然而,孩子出生不久,达吾提就因"反革命"罪判刑入狱。

达吾提入狱后第三个月,他的第二个"爱妃"给他写信提出离婚。1953年,经法院判决他们离婚。

1972年,一位农村姑娘爱慕达吾提的好名声,与达吾提走到了一起,可是达吾提当时的处境远远没有这位农村姑娘想象得那么好,经过一年多的婚姻生活这位姑娘"失望"了,在生下一个女婴之后,扬长而去。一次次的婚姻风波让达吾提体味到没有缘分的婚姻是不长久的,他相信一定会有一个有缘人和他终生相守的。

如今,达吾提和年仅30岁年轻漂亮的热哈娜组成了一个温馨的家庭。老夫少妻生活得幸福美满。

神秘大漠的"白毛男"

　　沉睡了几千年的"死亡之海"塔克拉玛干大沙漠，终于在公元1989年随着石油大军隆隆挺进它的腹地，一座座井架平地而起，它才从沉睡中被唤醒。

　　1991年的秋天，中国石油天然气总公司的一架直升飞机在塔克拉玛干大沙漠上空进行勘探作业时发现了它的腹地有一个与世隔绝的"原始村庄"。从来没有见过飞机的村民被这突如其来的"怪物"吓得四处逃散，从此外界才知道大漠深处还有一村庄。

　　1993年10月25日，一队"不速之客"突然闯入了这个村庄，从此打破了这里的安宁，这支队伍就是中英联合探险队。这个村庄叫牙通古斯村，这里有七十多户人家，三百多人，他们是尼雅古城被风沙淹没前逃到这里来的，在这些村民中间有一个皮肤黝黑的汉族人的面孔引起了探险者的关注。

　　这里应该是罗布人生活的地方怎么会有汉族人？这一下引起了随行记者的兴趣。

　　他就是钟剑峰，这一天改变了他的命运。

　　1993年钟剑峰59岁，是牙通古斯这个几百人小村中惟一的汉族人。很快人们就发现他是一位具有悲惨命运的传奇性人物。他出生

97

于广西壮族自治区鹿寨县英山乡的一个地主家庭,原名钟章玉,乳名"五三"(祖父 53 岁那年出生,故名)。钟剑峰是他到新疆后改的名字。

20 世纪 50 年代初,钟剑峰曾就读于桂林地区财贸干校,先后在鹿寨县四排乡、平山乡工作过。1957 年,在县供销社任会计工作的钟剑峰由于"家庭出身不好",屡遭排挤打击,愤然出走贵州,当时他在县里已有妻女,其妻在他出走两年后改嫁。1960 年他又辗转至新疆,流落在喀什。1969 年,新疆发生分裂祖国事件后,喀什的红卫兵分成两派,武斗升级。钟剑峰再次因为家庭出身问题受株连,受到造反派通缉,他在一位卡车司机的帮助下,藏在货车中连夜出逃到和田,然后又步行至民丰县,被当地公安机关作为盲流收容,分配在民丰县红星公社当社员。

1976 年,他认识了一矮个子大眼睛的维吾尔族女子。她叫多来提汗,22 岁,小的时候父母双亡,刚刚结束了一场不幸的婚姻。也许是同病相怜的缘故,钟剑峰很同情这个不幸的女人,经常帮助她,替她干活,替她分担家中的困难。随着时间的流逝,两人在生活中慢慢产生了深厚的感情。不久他们就结了婚。

钟剑峰在内地时被"阶段斗争"整怕了,他们住在离城市较近的地方每天提心吊胆,夜里经常被噩梦吓醒。细心的多来提汗看透了丈夫的心思,她告诉钟剑峰,在 160 千米外的沙漠深处有个与世隔绝的村庄叫牙通古斯村,那里有她的一个舅舅,"我们去投奔他吧? 那里的人很善良,荒地也多,只要我们勤快是饿不着的。"妻子多来提汗的这个提议对钟剑峰诱惑很大,他想那里一定是个世外桃源,他当即决定去那里。

为了保密他们是在天还没有亮就悄悄地离开了家门,去寻找他梦中的家园。

牙通古斯河发源于几百千米的昆仑山脉,它蜿蜒细长的身姿哺育了牙通古斯村七十多户人家,最后又静静地消逝在 30 千米外的沙漠深处。

这里没有喧嚣和嘈杂,有的是宁静与祥和。千年的胡杨林壮观迷人,村口有一汪清澈的水,这里的人们叫它"六盘水",意思就是这里的水可以推动 6 盘水磨。村民们热情好客、淳朴善良,村庄有五百多年的历史。钟剑峰一下子爱上了这片土地,这片土地上的人们也很宽容地接纳了他。

钟剑峰的到来使这个古老的村庄开始有了历史性的变化,同样这个古老的村庄也在改变着钟剑峰。为了很快融入这个群体,头脑灵活的钟剑峰很快就学会了当地的语言,他和这里的大人孩子都成了朋友。

这里多数人还在住着地窝子,能住上草木房子的只是少数人家。这里的草木房子建筑机构和建筑方法也很原始落后。这里的人们建房子只会用绳子绑木头,然后别上红柳,再用泥巴抹上,房子就竣工了。

钟剑峰在内地时是个出了名的木匠,他到了牙通古斯村后先为自己建造了一套房子,又打了几件简单的家具。

钟剑峰这种很普通的工艺,一下子成了村庄里的头号新闻,村里的男女老少都前来参观。他们赞叹羡慕的目光打动了钟剑峰。从这些目光里钟剑峰读懂了这些村民的心思。不久就有村民找他帮忙建造房子了,钟剑峰无一拒绝,渐渐全村人都住上了钟剑峰帮助建造的房子。钟剑峰在村里的威信也越来越高,人们见了他都会恭恭敬敬地叫一声"大师傅!"

钟剑峰与妻子多来提汗夫妻感情也越来越好,丈夫在村里成了人们最尊敬的人,妻子的脸上永远挂着的都是自豪的笑容,她深深地爱着自己的丈夫。钟剑峰也十分喜爱自己的妻子,两人一起干地里的活,一起做家务。不久他们爱情的结晶——儿子来到了人世,无疑给他们的幸福生活锦上添花。后来他们总共生了三个孩子，大儿子叫吐逊江，老二是个女儿叫吐逊古丽，小儿子叫肉孜阿洪。这个时期是钟剑峰生命中最幸福的岁月。

然而，他们宁静而又幸福的生活被这支中英联合探险队给打破了。

《中国旅游报》几名记者对钟剑峰的故事很感兴趣。

钟剑峰对记者们说：他到这儿的 6 年里说的汉话加在一起，也没有这两天说的多。他对外界的了解是从村里人偶然从外面带回的旧报纸上的内容获得的，那本是用来卷烟的旧报纸。他见到的最近一张报已是 1988 年的了，从那上面他知道了"胡耀邦"以及"五讲四美"。

记者们向钟剑峰介绍了改革开放后他们家乡广西柳州发生的巨大变化，听得钟剑峰眼睛都不眨一下。

在钟剑峰简陋的家中，只有两个床和几个小柜子，柜上有一个小镜框，玻璃已经破碎，镜框里镶着一张他的父母、他和前妻生的女儿、女婿等亲人的合影照片，照片已有残损了，照片伴随钟剑峰经历了艰辛岁月的磨难。记者提出为他照相时，他手捧镜框跪在了地上，两眼无神地望着远方，望着远方的故乡……

当有记者问他想不想回老家去看看，钟剑峰一下子泪流满面："如果能回去看看，我就是死在这沙漠里我也就满足了。"可是回去的路费对于家徒四壁的钟剑峰来说不是一个小数目。钟剑峰的遭遇感染了在场的记者们，几个记者带着沉重的心情，从钟剑峰家走回营地，在一辆吉普车旁，记者邱磊对大家说："钟剑峰说他至少还要三年的时间才能攒够 2000 元回家的路费，我想大家帮他提前回家。我们这次前后来的记者刚好 10 人，每人给他 200 元，他就能回广西老家了！"话还没说完，大家便欣然拥护，立刻凑够了 2000 元钱，没来的由邱磊代垫，并推举邱磊作为代表，明天和大家一起将钱交给钟剑峰。他回家的事宜,大自然旅行社也欣然同意代为妥善安排。

10月26日风沙笼罩着牙通古斯村,大家便高高兴兴地去找钟剑峰,将2000元捐款交到了他的手上。郭锦卫和甄希林还为他带去一袋子食品,同时告诉他明年1月中旬,让他回广西老家过年。钟剑峰既高兴又感动……

后来钟剑峰如期带着两个儿子返回了老家广西。然而,让人想不到的事情发生了,钟剑峰一去不复返,把妻子和女儿留在了沙漠里。

妻子多来提汗对一去不复返的丈夫几年来没有一句埋怨的话,她与女儿相依为命,时刻在等待着亲人归来。

这些年,牙通古斯村发生了翻天覆地的变化。

1995年10月1日,闻名世界的沙漠公路通了,这条公路离牙通古斯村只有18千米。

1999年11月24日,当地政府又修通了沙漠公路连接牙通古斯村的公路。如今从牙通古斯村坐班车到民丰县仅用两个小时的时间。

为了帮助多来提汗母女,民丰县民政局给了她们1000元的扶贫款。新成立的牙通古斯乡政府给她们母女建了新房子。

7年来母女一直在期盼着亲人的归来。

2001年2月21日,一个惊人的消息从广西柳州传来:"沙漠白毛男"钟剑峰找到了。

当年,钟剑峰千里迢迢从塔克拉玛干大沙漠回到广西柳州引起了媒体的广泛关注,回到家乡后得到了当地政府的照顾,政府为他出资开了一家"新疆饭馆"。由于当地人不习惯新疆风味,生意很萧条,后来不得不关门了。不久政府又给钟剑峰安排了一份在一家单位做保管的工作。他的儿子钟振华(吐逊江)也参加了工作,小儿子(肉孜阿洪)进入了柳州市第五中学读书。

钟剑峰回到家乡后一直没有与妻子多来提汗联系。多来提汗和女儿也只是年复一年地盼望着丈夫钟剑峰的归来。

钟剑峰知道妻子和女儿仍然在期盼他的消息后,这位七十多岁的老人流着泪说:"我对不起她们母女啊,七年来我又是何曾不想她们啊!我永远忘不了那一段岁月啊,我几乎每天夜里都会梦到她们母女……"

钟剑峰回广西时为什么只带走了两个儿子,而没有带他们母女,后来又因为什么原因失去联系的,钟剑峰一直没有说出来,这个谜也只有他自己知道了。

如果没有那支探险队的出现,如果没有那些热心记者的慷慨解囊,也许钟剑峰一家至今还幸福地生活在牙通古斯。

七年后的 2001 年 3 月 1 日,又同样是媒体将钟剑峰联系到。民丰县委书记童卫东驱车赶到牙通古斯,在牙通古斯小学的操场上,童书记告诉了吐逊古丽他父亲的消息。吐逊古丽立刻回家告诉了她妈妈,多来提汗几乎是跑着来见童书记的。

自从丈夫走后,多来提汗从来没有像今天这么高兴过。童书记问道:"你丈夫找到了,你是否愿意到广西去看他?"

多来提汗激动地泪流满面连声说:"我愿意,我愿意!"

童书记说:乌鲁木齐和广西的几家企业为她准备了去广西的路费,实现他们一家团聚的愿望。

终于,多来提汗一家就要团聚了。

苏联红军骑兵第八团援华揭秘

这是一段尘封的历史，这是一段鲜活的记忆，这是一位80多岁高龄的维吾尔族老人讲述的一段感人经历。50年前，苏联红军骑兵第八团又称"红八团"援华抗日在哈密修建军事基地和机场，通过这个基地苏联运往我抗日前线的战斗机1135架，轰炸机100余架，大炮400门，汽车2050辆，机关枪14025挺，枪弹1640发，炮弹、炸弹约200万发。

通过此航线运送苏联军事顾问和志愿空军人员两千多人。为中共中央与共产国际、苏联联系提供了方便，周恩来、王稼祥、陈云、滕代远、任弼时、陈谭秋等中共中央领导人都是由这一空军基地和新疆航线，往返于延安和莫斯科之间的，哈密人称这片土地为"大营房"。

大营房位于哈密市东南角约两千米的地方，如今已是新疆生产建设兵团农十三师的机关驻地，一幢幢办公大楼拔地而起，一片片高标准的居民小区遍布其中，一个现代化的都市已具雏形。

2005年9月13日，笔者寻着历史遗留下来的足迹走进了这片热土，见到了那段历史的见证者阿不力孜·吾守尔老人。听说笔者要采访关于"红八团"的故事，老人布满岁月沧桑的脸上，露出激动的笑容。

他用生硬的汉语告诉笔者：那是一支咱们自己的队伍，对当地的老百姓"亚克西"。那时，我只有十二三岁，"红八团"进入哈密时，我正跟随父亲在城东庙尔沟的戈壁滩放羊，以为是来了土匪，慌慌张张地把羊往山沟里赶。由于发现的晚，羊还没有全部赶到沟里，他们就过来了。我当时很害怕，意识到这几十只羊这次可惨了。没想到，他们并没有抢我的羊，而是叽哩哇啦地边说话边冲我笑，还向我挥手。我当时虽然听不懂他们在说什么，但从他们善意的笑容里，我知道他们可能是好人的队伍。

这支队伍并没有进哈密城扰民，而是在城东南角安营扎寨了。我和同龄的巴郎子(小孩)经常过来看这些黄头发、蓝眼睛、大鼻子的外国大兵们训练，有个叫乌申科的大个子军官还请我们吃东西。后来听人说，他是俄罗斯骑兵第八团的团长乌申科少将，他特别喜欢小孩，他会讲几句简单的维吾尔语，又很幽默，巴郎子们都很喜欢他。

后来，他们在这里修建机场，还有大批的大炮、坦克等武器运来，不久又全运走了。他们最先在这修了一个又大又平的场地，不久，便有一群群的"大铁鸟"轰轰隆隆的飞来飞去，后来我才知道那是飞机。

记者在采访中获悉，那时正是 1938 年的春天。

1937 年"七·七"事变之后，抗日战争爆发，当年 8 月，中国共产党和国民党通过谈判达成联合抗日的协议，苏联政府和中国政府签订了《中苏互不侵犯条约》。这个时期，也是新疆历史上非常特殊的时期。新疆边防督办兼新疆省主席盛世才，在新疆推行所谓的"反帝、亲苏、民平(民族平等)、清廉、和平、建设"的六大政策。顺应抗日大局与延安中共中央建立了统一战线，并从延安邀请共产党的干部刘西平担任哈密行政长官，疆内各地的公职都有共产党人担任。

当时，苏联政府决定向中国国民党中央政府出售军用飞机、运输车辆、汽油弹药以及其他军用物资，以此支援中国的抗日战争。那时，我国的东北三省已沦陷于日寇的铁蹄之下,通过海运军用物资已被受阻。有关方面经过再三的谋划,决定将新疆这条古丝绸之路重新开通,方能把这些抗日物资运往前线。

苏联政府和中共延安方面,为了打通这条军用国际通道作了积极地努力。盛世才作为一个军阀和封疆大吏,一方面为了阻止日军进入新疆,另外一个方面为了阻止国民党势力在新疆的渗透、扩张,也积极地表示尽快开通这条国际通道。

盛世才以新疆省政府的名义,向当时苏联政府提出请求,由苏联政府派出军队来中国新疆设立军事驻地,协调运输军用物资的有关事宜。因为哈密是新疆的东大门,也是抗日军用物资中转的咽喉,最后将苏军驻地定在了哈密。

1938 年春天,苏联政府应邀派出"苏联红军俄罗斯骑兵第八团"(后来哈密人亲切的称为"红八团")前往中国新疆。"红八团"名为骑兵团,实际上是一个有多种配置的加强团,装备精良、机械化程度高。除了骑兵、步兵、工兵、通讯兵以外,还配备了军用飞机,一个炮兵营、一个坦克连,拥有供全团使用的军用汽车、摩托车等。同时,还配有铁匠、木工、电工、修配车间,以及大锅炉、电锯、汽锤等设备。全团兵力达到了 300 人, 加上修配厂的工人及其行政人员和家属已超过了 5000 人。这些士兵多为乌兹别克族和塔吉克族。

"红八团"经过几个月的长途跋涉,于 1938 年 4 月底经新疆伊宁到达迪化(今乌鲁木齐),受到了盛世才的欢迎,并派出官员一同前往哈密。同时,盛世才又给沿途的部队、公安下了一道密令,"红八团"过境时,一路绿灯,不予阻拦盘问、检查,否则军法从事。

"红八团"行动也很机密,他们大都是夜间行军,白天在无人烟的戈壁滩宿营,不打任何旗号标志,不搅扰沿途百姓。由于苏军进驻哈密是盛世才代表新疆省政府直接与苏联政府达成的协议,并未经南京国民党政府同意。为了避免外界的怀疑,引起不必要的外交纠纷,"红八团"对外统称"归化军骑兵第八团",以新疆省驻军的名义出现和对外联系,统一着新疆省军服,不佩戴苏军帽徽、肩章和领章。后来南京蒋介石政府获悉后给予默认。

"红八团"到达哈密后,受到由共产党人担任的哈密行政长官刘西平及地方政府官员的热烈欢迎。随后,刘西平组织哈密县长、公安局长等地方官员与"红八团"团长乌申科少将、军需处处长谢力久科等,共同协商修建营房的有关事宜,地址选在了哈密县城东南角的泉水地。哈密各族人民听说"红八团"是支持抗日的队伍,给予了热情的支持与配合,在征用土地、草场、采伐林木等方面有力的出力、有物的出物,积极地参与到军用营房的建设上来。建营房所需的费用新疆督办公署给予实报实销。

1938 年 11 月,占地 430 亩,设有办公室、大礼堂、官兵宿舍、医务室、工厂厂房、停车场、兵器库、操场的"红八团"军营建成入驻。整个建筑采用苏联的欧式风格,从空中俯视军营则是一个放大的五角星。

"红八团"的任务是守卫哈密,它的防区东至星星峡,西至七角井,北至巴里坤、伊吾,南达罗布泊一带。

"红八团"是一支纪律严明、军事过硬、作风优良的部队,上街购物不强买强卖,不与群众争利,日常工作就是紧张地军事训练,勘测地形,绘制地图,主要任务是将从苏联运来的大批军用物资转运至抗日前线。在"红八团"的积极努力下对哈密机场进行了重新扩建,苏联援华的飞机也在哈密机场进行组装,试飞后飞往抗日前线。一大批苏联专家和军事人员,通过哈密与抗日前线联络。

1939 年,"红八团"开通了哈密至阿拉木图、哈密至重庆的航线,从此哈密则成为抗日大后方的一个重要空军基地。从 1940 年,经由哈密空军基地运往抗日前线的战斗机达 1135 架,轰炸机 100 余架。

同时,协助"中苏运输委员会"接待援华车队,运往前线的火炮约 400 门,汽车 2050 辆,机关枪 14025 挺,枪弹 1640 发,炮弹、炸弹约 200 万发。运送苏联军事顾问及志愿空军人员 2000 余人。

同时,为中共中央与共产国际、苏联的联系提供了方便。周恩来、王稼祥、陈云、滕代远、任弼时、陈谭秋等中共中央领导人都是经过哈密空军基地往返于延安和莫斯科之间的。

"红八团"对保证国际交通的畅通,支援中国人民的抗日战争作出了不可磨灭的贡献。

1941 年,苏德战争爆发,德军入侵苏联领土,苏联全力反击德军的侵略,苏联再无力支援中国的抗日军需。这时,盛世才投靠南京政府,公开反共反苏的立场,按照南京政府的旨意,撤销"红八团"。1942 年春天,南京政府召见了苏联军事顾问瓦西里耶夫,要求苏联撤回"红八团",得到了苏联政府的同意。

1942 年 6 月,"红八团"开始撤出哈密,步兵、骑兵由松树塘、巴里坤,经蒙古国回国。机械化部队则分批经由迪化、伊宁返回苏联。9 月底国民党第十八混成旅接管哈密空军基地及工程设施。

1950 年,中国人民解放军西北野战军挺进大西北,进入哈密,大营房和哈密军用机场又成了我军进军新疆的中转基地。

日本僧人的尼雅之谜

　　中国西部塔克拉玛干大沙漠的腹地，被称为"精绝国"的尼雅遗址，是丝绸之路南路的重要城市之一，在近两个世纪里上演着一幕幕探险家们悲壮的故事，三个不同国籍的外国人，成了故事的主角……

　　这片被黄沙掩埋着的"梦幻之都"上永远烙下了斯文·赫定、斯坦因和小岛康誉这三个外国人的名字。三个不同国籍，不同世纪出现在这片遗址上的外国人，其目的也大相径庭。前二者是披着探险家外衣的强盗，掠夺了大量文物而去，给尼雅遗址带来了灾难性的毁灭，而后者小岛康誉先生却是这份文化遗产的保护神。1982 年至今，十多年的时间里小岛康誉先生先后七十余次来新疆考察，先后出资 1.9 亿日元考察保护尼雅遗址。因此小岛康誉先生曾多次受到原国家政协副主席王恩茂、全国人大常委会副委员长铁木尔·达瓦买提、田纪云、王丙乾、国务委员李铁映等国家领导人和自治区领导人的亲切接见……

　　由小岛康誉出资组建的中日尼雅遗址考察队发掘出一块 1800 年前的彩锦，彩锦面上绣着"五星出东方利中国"。这五星即"金、木、水、火、土"是天文学占星术的吉祥语，在一定方向出现这一现象，据说数百年才出现一次。据日本国立天文台分析，2022 年 3 月 21 日前后将出现这一旷世奇观，届时我们都能有幸目睹这一壮观的天文现象。

在新疆维吾尔自治区首府乌鲁木齐昆仑宾馆的贵宾室内，一位外国僧人正神采飞扬地用熟练的汉语跟在座的"小岛康誉新疆文化、文物事业奖"获得者座谈，此人便是小岛康誉先生。他个头不高，却时时透着精气神，一双有神的眼睛里荡漾着幽默和蔼，张口一说话便笑语惊四座。虽然此时是严冬，这里却充满了融融春意。

逆境铸造的商界奇才

小岛康誉先生，1942 出生在日本名古屋，父亲是一家电影公司的放映员，母亲在他 1 岁的时候离开了他。在他们家里他是老三，父亲想为了他们能够再次得到母爱，便娶回了继母，然而好景不长，在他 7 岁的时候，他的继母因心脏病离开了他们。此后不久父亲又为他娶回了一位继母，谁知祸不单行，父亲却撒手人间，给小岛康誉幼小的心灵上以沉重的打击。那是一个需要父爱和母爱共同呵护的年龄，却承受着灾难性的压力。值得庆幸的是这位继母对他像亲生儿子一样疼爱，在生活上关怀体贴备至，使他健康地成长。

18 岁那年，小岛康誉从名古屋市向阳高中毕业，他便在一家建筑公司里当工人。他告诉记者，当时大家都往大学里挤，自己何不反其道而行之。在做工期间，他总是想着干出一点名堂来。当时的日本经济是高度成长期，他预料到这会导致宝石业的消费热潮。于是他跳槽去了宝石店，在宝石店里，小岛康誉白天跑业务，晚上则认真地学习宝石的知识，短短的两年时间，小岛康誉已经能够熟练地掌握宝石的加工、鉴别、营销一整套的业务知识，并感觉到当时的宝石店里的一些陈规陋习已经远远跟不上当时日本经济发展节拍，是宝石业改革和再创业的大好时机。于是他自己打算搞一家店铺。没有资本他就用父母的土地房产作抵押贷款，在一家倒闭了的宝石店旧址上开办了属于自己的店铺。1966 年小岛康誉的宝石店开业了，没曾想后来发展成了拥有 161

个店铺的连锁店。开张之初,生意非常红火,这条大街上的生意当时在名古屋市最萧条,可就偏偏小岛康誉先生的店铺生意兴隆。当时,他请了一位年轻的姑娘当售货员,没想到后来竟成了他相濡以沫的妻子。

这就是鹤龟(自路加美)公司的前身。小岛康誉经过三十多年的努力,靠着自己的智慧和能力,把鹤龟公司办成了日本五大珠宝公司之一,拥有 161 家子公司和五百多名员工,年营业额达到 160 亿日元。1993 年,鹤龟公司股票正式上市,使公司走上了一个更高的发展阶段,小岛康誉因此也成为日本商业界的名流。

然而正当鹤龟公司事业如日中天之时,1996 年 6 月 19 日,小岛康誉却辞去了鹤龟公司总经理和董事长的职务,当年他仅有 54 岁。辞职的理由是:在有生之年履行好新疆维吾尔自治区人民政府文化顾问、日中共同尼雅遗迹学术考察日方队长的使命。小岛康誉的这一举动无疑给日本新闻界扔下了一颗"重磅炸弹"。

初识新疆便结下了不解之缘

1982 年 5 月,小岛康誉作为珠宝商被新疆工艺品公司邀请,第一次踏上新疆这片热土。此前,小岛康誉先生也多方得知新疆有丰富的矿产资源,和田的美玉、阿尔泰山的黄金声名远扬。然而,中方公司提供的宝石小岛康誉均不满意,生意没有谈成,中方公司感觉心里过意不去,便邀小岛先生去吐鲁番、库车等地参观。中方这一礼节性的邀请竟使小岛康誉与新疆的文化、文物保护事业结下了不解之缘。在交河故城,在克孜尔千佛洞,小岛康誉被洞窟内千百年前的精美壁画震撼了,惊呆了,征服了。这正是一个古老文明古国的伟大之所在,精髓之所在。博大精深的佛家语,它不分时空,不分国界,它的文明是血脉相通的,它是人类通用的语言。这使小岛康誉先生想起了 1981 年,他去印度拜访时的情景,当他虔诚地跪在释迦牟尼当年诵经的灵鹫山前的时候,他感觉到时空的轮回之快,仿佛那释迦牟尼诵经声,仍旧声声入耳。特别是看了释迦牟尼的四大圣地后,他受到了灵魂的洗礼。而今天又在新疆被佛家的博大精深又一次震撼,使他萌生了潜心研究佛学的决心。后来小岛康誉先生进入了日本佛教大学攻读,并获得了文学学士学位,成为了新疆鸠摩罗什的 109 代弟子,净土宗僧侣。

正是这次游览,小岛康誉既接受到了佛家博大精深的灵魂洗礼,又感受到了新疆人浓浓的人情味。在返回乌鲁木齐的途中,一场突如其来的大雨引起了山洪暴发,冲断了通往乌鲁木齐的路。然而,小岛康誉先生又必须乘第二天上午的飞机回北京。五月的雨夜在新疆是寒气袭人的,大家在为小岛先生发愁,陪同人员说:惟一的办法是赶到盐湖火车站,搭乘半夜过路的货车赶回乌鲁木齐了。

然而,车站值班员面带难色地说,深更半夜,又是一位日本人,出了问题谁负责呢? 开始怎么也不同意。陪同人员耐着性子恳求值班员帮忙,最后值班员说要征得值班的解放军的同意方可搭乘。给解放军通过电话后,工艺品公司的总经理又从乌市打电话证明了小岛康誉一行人的身份,才得到了同意。而此时,已是夜里 11:55 分,离货车到站的时间仅有 5 分钟了。

小岛康誉先生高兴得像个孩子似的在雨中跑着、跳着,值班人员在雨中拼命的挥动着信号灯,因为该列货车,在这个小站没有停车的计划,为了小岛先生值班人员决定临时停车。火车在刺耳的紧急刹车中停下来了。

后来,小岛先生说:"我忘不了有这么浓郁人情味的新疆,在新疆无论认识的还是不认识的,他们都一样的真诚,一样的热情。我还要来。"

开了一句玩笑结识了王恩茂

从此以后，小岛康誉先生作为宝石商人为寻求上等宝石，便成了新疆的常客。有一次谈完生意，工艺品公司的王世田先生又一次陪同小岛康誉先生去了一趟克孜尔千佛洞。当小岛康誉先生听说作为中国四大石窟之一的克孜尔千佛洞（建造于公元 3 世纪 ~13 世纪，被国家定为重点文物保护单位）曾被外国人偷盗过，加上长年的风雨侵蚀，维修资金困难时，感到痛心。

在归途中，王世田开了一个玩笑："小岛先生如果您肯出 10 万元的话可修一个小岛康誉专用石窟。"没想到本来是为打发旅途寂寞的一句玩笑，小岛康誉却当了真，很干脆地回答："好，我出 10 万元，算是用来修复和保护文物吧！"王世田吓了一跳："这是真的吗？""真的！"于是，在乌鲁木齐迎宾馆，王世田将小岛康誉介绍给了当时的自治区文化厅厅长，在吃饭的过程中交换了文书。这几乎是天上掉馅饼的事，文化厅的人也似信非信，然而，事后不久小岛康誉回国后将 10 万元人民币汇到了文化厅。

此时，国家决定投资 2000 万人民币对克孜尔千佛洞进行修复和保护工作。小岛康誉先生获悉后，也非常激动，要在日本筹集一亿日元帮助新疆文化厅修复克孜尔千佛洞，原因很简单，日本的橘瑞超等人也从千佛洞盗走了大量的文物。一是算作对中国的补偿，二是对抢救人类文化遗产做些微薄的贡献。即使这样，这一亿日元也是个巨额数字呀！让人惊讶的同时，更让人半信半疑。

交换文书时，小岛康誉认识了全国政协副主席、原新疆维吾尔自治区党委书记王恩茂。王恩茂副主席对文书逐字逐句地进行了修改。小岛康誉事后激动地说："见到了王恩茂更增强了我捐款的决心。" 1987 年 8 月，小岛康誉回到日本后成立了"中日友好克孜尔千佛洞修复保存协会"，并邀请了原日本外务大臣中山太郎担任名誉顾问。募捐的工作开展起来很困难，大部分日本人都知道敦煌，但不知道"克孜尔"，于是小岛康誉亲手编写了宣传材料，做了宣传片。经过两年的努力，三千多人的参与，在 1988 年将这饱含着小岛康誉汗水和心血的1.0544 亿日元如数赠给了文化厅。

王恩茂副主席被感动了，给小岛康誉写了封热情洋溢的亲笔信，并在克孜尔千佛洞外建造的纪念碑上题写了"克孜尔千佛洞维修捐款纪念"。小岛康誉后来说："王恩茂先生的信把我两年来的劳苦一扫而光。"

揭开千年尼雅之谜

小岛康誉从新疆文化厅文物处长韩翔那里了解到：新疆有三大重要的遗址，一个是楼兰、一个是克孜尔千佛洞，还有一个就是尼雅遗址。而且三大遗址中仅有尼雅遗址因经费等多方面的原因，没有考察过，小岛先生决定为尼雅遗址的考察和保护提供经费，揭开这千年之谜。

尼雅遗址在距民丰县 100 千米的塔克拉玛干沙漠里，1890 年瑞典地理学家斯文·赫定首先发现了尼雅遗址，并开了掠夺我国丝绸之路遗址上文物的先河。1901 年英国人 M·A·斯坦因先后 4 次进入尼雅，共掳走了七八百件文书和各种文物。通过解读这些文书，可以断定公元 3 世纪~4 世纪尼雅作为以扞泥城为中心的楼兰（鄯善）王国西面的绿洲，是一个税收、合同、驿站制度完善的中央集权制国家的一部分。《汉书·西域传》中有这样一段记载"精绝国，王治精绝城，户480，口 3360，胜兵 500 人，精绝都尉、左右将、议长各 1 人。"精绝国作为西汉时期西域的一个绿洲小国，其规模很大，东西约 7 千米、南北约25 千米。以佛塔为中心，有住宅墓地、家畜饲养舍、果树园、庭院、田地和林荫路等,约有遗址一百余处。在西域历史上扮演了一个很重要的角色,东汉明帝时,精绝国为鄯善国所并。唐朝时,玄奘和尚于贞观十八年路经此地时,这里已经是"国久空旷,城皆荒芜,人烟断绝"了。以后便不再有史书记载了。

1988年7月19日、11月14日和1990年11月11日小岛康誉代表日方与中方3次在共同考察尼雅遗址的意向书上签字,并于1988年、1990年、1991年进行了三次预备调查。

第一次预备性调查,经过数日的准备于1988年11月初出发了。日方队长为小岛康誉。在参加第一次预备调查的人员中,虽然有几位多次进过沙漠,但具体到尼雅,既缺乏一些必备的知识,又对尼雅的温度、气候、风力等等都无法确定,甚至连交通工具是用沙漠车还是用骆驼都无法确定,仅凭前人留下只言片语的资料是远远不够的。用的设备也非常简陋,罗盘仪、望远镜、照相机和一张一百多年前斯坦因绘制的尼雅遗址的地图。

1988年11月3日,天刚蒙蒙亮,日中双方考察队员分乘两辆越野车从民丰县城出发,租用的20峰骆驼已于3天前出发,约好在大麻扎会合。大麻扎在民丰县北约90千米处,沿尼雅河北行,沿途都是红柳滩、杂草丛、胡杨柳林,根本没有路。原计划半天就可到大麻扎,结果半夜才到,而且两辆越野吉普车被胡杨柳枝划坏。双方队员下车后,你看我,我看你,个个灰头土脸,形象非常可笑。尽管大家忍受着饥渴和疲劳,但是个个精神饱满,情绪高涨。从次日中午开始骑骆驼在沙包之间开始穿行,艰难跋涉了3天才到达佛塔。

沙漠里气候独特,第一次进入沙漠的人很难适应,11月初的天气,沙漠里中午测试的温度却非常高,在零上30℃,可夜晚温度又是零下10℃。小岛康誉先生虽然这么大岁数了,但面对这样如此恶劣的环境却非常乐观,时不时地说一些笑话,逗得日中双方队员捧腹大笑。

按照斯坦因当年在地图上的编号 $N_1N_2N_4N_4N_9$ 收集了地表上散落的一些陶片等遗物。第一次预备调查条件虽然很苦，但是，很成功，不仅探明了道路，目睹了在前人资料上看到的遗址的状况，体验了沙漠的自然条件，掌握了一些难得的经验。以后的预备调查条件得到了逐步的改善，测绘、试掘都取得了可喜的成果，也发现了斯坦因报告中不曾记述的遗址，为正式调查打下了基础。

自此拉开了中日尼雅遗址考察的序幕，小岛康誉每年都要来尼雅：1988 年小岛康誉等 14 人骑骆驼去尼雅，在那里停留了 2 天；1990 年小岛康誉等 16 人骑骆驼去尼雅，停留 2 天；1991 年小岛康誉等 21 人乘沙漠车去尼雅，停留 4 天；1992 年小岛康誉等 27 人乘沙漠车去尼雅，停留 5 天；1993 年小岛康誉等 56 人乘沙漠车去尼雅，停留 20 天；1994 年小岛康誉等 56 人乘沙漠车去尼雅，停留 21 天；1995 年小岛康誉等 56 人乘沙漠车去尼雅停留 20 天。小岛康誉总共在尼雅遗址生活了 74 天，成为尼雅被人类废弃之后生活逗留时间最长的人。

然而，让人振奋的考察还是 1995 年的第 7 次正式考察，这次的发掘考察是最为成功的一次，也是收获最大的一次。

1995 年 10 月的一天，考古学家发现了一个船形棺木的一角露出了沙子的表面，而且还有几根长短不一的箭镞露在外面。进一步发掘才发现至少有 8 座古墓，发掘的结果让所有的人惊呆了，在一棺木内一对男女合盖一床色彩斑斓的锦被，这对"木乃伊"安详地躺在棺木内。发掘人员小心地将覆盖在丝锦上的沙土清理干净后露出了"王侯合婚、千秋万岁、宜子孙"的小篆汉字和纹样。彩锦上还绣有"五星出东方利中国"这一天文学、占星术中的吉祥词语，所谓"五星"指金、木、水、火、土五星。在中国这五颗星星同时出现在东方表示吉庆、幸运，我国史书《汉书·天官书》里均有记载。这一发现证明了我国天文学早期发展的水平,这代表着一千八百多年前中华民族的文明程度。根据日本国立东京天文台的研究人员的调查结果,这是数百年才出现一次的奇特的天文现象。本世纪 2022 年 3 月 21 日前后将会再次再现这种现象,我们将目睹这一盛况。

绰号里面有文章

小岛康誉是个非常幽默风趣的人,因此他的绰号特别多,有人给他开玩笑称他为绰号专业户,比如日本的苏利曼(19 世纪德国实业家,发掘了特洛伊遗迹)、沙漠导航人、步行的 GPS,还被《人民日报》比作当代的鉴真、阿倍仲麻侣(日本奈良时代遣唐留学生,是中日友好的著名人物)。每个绰号的背后都有一个风趣动人的故事,最有意思最幽默的还数"小铁木尔"和"垃圾队长"啦!

小岛康誉先生的名片上用维吾尔语印着"小铁木尔"的名字,当小岛康誉先生讲起这个名字的由来时仍然笑得合不拢嘴。在一次宴会上,当时的新疆维吾尔自治区主席,现在的全国人大常委会副委员长铁木尔·达瓦买提,高兴地对在场的人们说:"小岛先生是个好人,他来新疆几十回了,已不简单,又做了各种贡献,对新疆的事情有非常正确而具体的了解,就像我的弟弟一样。"

小岛康誉说:"铁木尔·达瓦买提先生出生在新疆托克逊农村的一个贫穷家里,吃了不少苦,为新疆的发展和民族团结作了很大贡献。他十分朴素,不加任何修饰,有自己的思想,是一位像他的名字一样有铁一般意志的人,我的父亲便是铁木尔·达瓦买提。冲着他,我也要为新疆尽我的力量。"

更有趣的是,有一次小岛康誉在新疆办完事,在回北京的飞机上与坐在旁边的一位维吾尔族青年聊了起来。两个人相互交换了名片,没想到那个青年接过名片后便一下翻脸了,气愤地说:"你为什么叫小铁木尔?我才是小铁木尔。铁木尔·达瓦买提从没有去过日本怎么会有日本儿子。"小岛康誉先是一愣,继而笑了,便解释了这个名字的由来,并仔细地看了维吾尔族青年递过来的名片:合吾尔·铁木尔。原来他才是铁木尔·达瓦买提的亲生儿子。真是"大水冲了龙王庙,一家人不认一家人"。两个人紧紧握着手,亲兄弟般地开怀大笑起来。

说起"垃圾队长"的由来,不但有趣而且感人,中日双方到尼雅遗址考察所有的经费都是由小岛康誉先生负担的,他还担负着日方队长职务。1994 年已是第七次考察,因为准备不充分,上次只用 1 天就能到达目的地,这次却用了 3 天。为此,日方队员牢骚满腹,小岛康誉不但没有生气,反倒批评自己的队员不该发牢骚。到了尼雅遗址后,小岛康誉十分热衷于捡垃圾,连垃圾袋都是从日本带来的,并经常提醒队员不要乱扔垃圾,队员不注意丢的垃圾即便是一张小纸条,他也会认真地捡起来。由此,他便又多了一个"垃圾队长"的绰号。

最吝啬的僧侣和最慷慨的老板

对于新疆的"缘"和"爱",用小岛康誉自己的话说:"我只是热爱新疆,热爱灿烂辉煌的中华文化。"作为佛家弟子,他感悟着"真空无我,大道无形相"的真谛。

小岛康誉是吝惜的,吝惜的程度又让人惊讶!他虽然拥有一家专营宝石的上市公司,可是收入的一大半都贡献给了尼雅遗址的学术调查。他的午饭,经常是到快餐店买块面包充饥,一直过着自己清谈的生活。即使他在总经理的位置上时,他也没有专车,上下班乘地铁。

小岛康誉为新疆的发展和新疆的文化事业,他慷慨的令人难以置信。从 1988 年中日的第一次考察,至今已 9 次考察尼雅遗址,共提供了 1.9 亿日元的经费及文物保护费;从 1986 年开始每年出资 200 万日元, 在新疆大学建立新疆大学鹤龟小岛康誉奖学金, 延伸至 2005

年;为克孜尔千佛洞修复、保护募捐 1.0543 亿日元;小岛康誉先生还出资并亲自作为翻译将原全国政协副主席王恩茂的《王恩茂日记》和全国人大常委会副委员长铁木尔·达瓦买提的两本诗集译成日文,在日本公开发行;1999 年还与新疆文化厅签订协议,每年出资 10 万元在新疆设立了"小岛康誉文化、文物优秀奖"。

小岛康誉先生被新疆维吾尔自治区人民政府聘为文化顾问,被乌鲁木齐市授予荣誉市民称号、新疆大学名誉教授等。

勇斗楼兰盗墓贼

一

楼兰是埋在沙漠中的西域 36 国之一,公元前后中国境内古代丝绸之路上的一个非常重要的国家,它的存在对古代丝绸之路的畅通与繁荣起到了举足轻重的作用。

两千多年前,这个国家突然消失了。

一百多年前,瑞典探险家斯文·赫定发现楼兰古城遗址并将之公布于世后,引起了全世界的关注。

楼兰古城遗址位于罗布泊西岸,古城遗址周围是一片密集的雅丹地貌,风蚀后的景观非常壮观。在楼兰古城遗址上曾发现大量汉文和卢文木简文书、古代钱币、汉代漆器、丝毛织品和木陶雕刻器皿,透视出古代楼兰文明的发展水平。被黄沙掩埋了数千年的古楼兰文明,给世人留下了诸多解不开的谜团,人们对楼兰的每一次发现,都无法找到在楼兰历史的长河中,文明与文明之间的联系。这一切与从古至今的那些疯狂盗墓者的洗劫、毁坏楼兰遗址、盗挖墓葬是分不开的。

自楼兰古城被发现以来,中外考古界一直在一些重大问题上存在较大分歧,如楼兰到底是一个国家还是一个城市?楼兰的王都在哪里?楼兰是如何衰废的?许多专家认为,如果能找到历代楼兰王的墓葬,这些问题就可以迎刃而解。

一队探险爱好者深入罗布泊沙漠，意外地发现了一个惨遭盗挖的古墓群。由于靠近楼兰王国遗址，墓室内墙壁又绘有十分精美的壁画，人们不禁猜测，这片连绵不断的雅丹地区是否就是一位楼兰国王的陵寝所在地？此次意外发现如能被证实，将是考古史上的重大发现。

二

2002 年 6 月，四川探险家李勇计划徒步穿越罗布泊，向导是吴仕广，后勤保障是甄希林，另外还有 3 名中央电视台记者，由十几个人组成。

6 月 1 日他们从库尔勒的楼兰宾馆出发，那天，科考探险队按照事先安排好的正常活动路线，驱车沿着罗布泊的边缘行进。途中，吴仕广突然发现两条非常清晰的车辙印顺着河沟往楼兰古城遗址的方向而去，看样子过去的时间不是太久。吴仕广感到奇怪：这地方怎么会有这么新鲜的车辙印？而且是单独一辆车，到这里来的所有的旅游团、探险团、考察团，都不会单车进入罗布泊腹地的，即使是进入了罗布泊也不会乱跑，肯定是循着人们都熟悉的道走。而这辆车却孤身独往——这不是辆正常行驶的车！吴仕广心中有了个很大的疑问。

6 月 2 日下午，探险队到达自楼兰古城以西的 10 千米处的楼兰王国的要塞：土垠。这个要塞是我国考古学家黄文弼先生于 70 年前发现的。曾经几十次进入罗布泊地区探险考察的甄希林一直把这里当做进入罗布泊的大本营。他们到达之后就开始准备安营扎寨，生火做饭。一切在有条不紊地进行着，吴仕广和甄希林开始察看地形以便规划次日的行程。站在高处极目远眺，在茫茫的沙海中，竟然闪烁着千万个光点，那是密集的雅丹地貌群所反射出的太阳光。雅丹地貌，是一种风蚀地貌，也叫沙蚀丘或风蚀丘，在维吾尔语中意为"风化土堆群"。

"雅丹",亦称"雅尔当",原是罗布泊地区维吾尔人对"险峻山上"的称呼。罗布泊地区中,存在着 4 处雅丹地貌,其面积共约 3000 平方千米。雅丹在阳光的折射下像无数个动物和无数的亭台楼榭,非常壮观。

"快看!那里好像有人在活动!"

透过望远镜甄希林看到十几千米外的雅丹群上好像有几个人在移动,他把望远镜递给了吴仕广。他们这次出发前没有听说其他探险队或者考古队进入罗布泊地区,那么这伙儿人是干什么的呢?吴仕广又想起了路上发现的新鲜车辙印,他们会不会是盗墓贼呢?他们决定前去探个究竟。

当他们靠近墓地时,发现了一堆行李在一片空地上放着,地上铺了套新疆当地人用的羊毛毡子和褥子及几套被遮盖着的铺盖,接着又看到十字镐、凿子、钢枪、铁锹等一大堆工具。一旁还有个锅,里面有点剩面条,一摸,还是热乎的:这里肯定来了盗墓贼,盗墓贼是不是发现我们来就惊慌地跑了?或者他们到更远的地方去活动了,根本就没有发现我们的到来?

大家都很紧张,因为不知道对方有多少人?盗墓贼大多都有枪,而他们几乎是手无寸铁,一旦遭遇发生冲突恐怕是要吃亏的。尽管如此大家还是在附近展开了搜索。吴仕广发现一个土堆被掏了一个洞,洞的旁边堆着挖出来的新土,他上前翻看,发现里面有些叫文化层的东西,他觉得他的判断应验了。所谓文化层,指的是古代生活在楼兰的人们建筑房屋和墓地时,就地取材所用的生长在当地的胡杨木和草本植物。

接下来摆在他们面前的却是更加残酷的事实:大土堆上有两个墓被盗,其中一个较大的墓里有专门的墓道,通向里面约 10 平方米的高档次豪华墓室。再往坡上爬,看到下面有一片带桩子的墓全都被挖开了,约有 18 座。这些极具研究价值的古墓,现在被挖得乱七八糟……

古墓外面的地上丢弃着一具男性干尸，这是个长相清秀、约40岁的中年人，除了皮肤已经干了外，他脸上的神情还栩栩如生，令人惋惜的是，他的尸体已被肢解得残缺不全。旁边还有一具也已被肢解得没有头颅的女尸，她的下肢还在。她的脚趾盖做了精心的修饰，还涂着红色的颜料，经过数千年漫长历史岁月的侵蚀，那颜色依然非常清晰，有一座古墓被挖得凌乱不堪。

大家被眼前古墓被盗掘、古干尸被毁损、古文物被破坏四处乱扔的景象震惊了，赶快继续向高处爬去，又发现了一批被盗挖的古墓和几具被掘出的干尸。加上前面的两具，一共是6具。触目惊心的景象，令吴仕广和队友们感到无比愤怒，随团的记者立即拍下了盗墓现场。

此时，盗墓贼也发现了他们的行踪，正向他们停车的位置奔跑过来。由于他们没有防身设备，盗墓贼一般都携带着枪，吴仕广和甄希林决定，还是先撤回营地再想办法，于是大家开始撤离。然而让大家没有想到的是，这些人竟然向他们追了过来。为了大家的安全，吴仕广和甄希林及队友们避开了与盗墓贼正面发生冲突，加速向营地方向驶去。

然而让大家感到很意外的是，盗墓贼在后面紧紧追了一段路后停车观望了一阵之后就驾车返回了。大家有些迷惑不解，也许这些盗墓贼把他们当成了普通的游客，对他们的盗墓构成不了什么威胁，所以返回去继续加紧盗墓活动了。

吴仕广和甄希林等返回到土垠的营地后，通过电台把有关情况向有关领导作了汇报，团里的杨队长又立即向巴州公安局报告了具体情况和所在位置后，决定暂时停止团队正常活动，堵住楼兰古城遗址的出口，等待警察的到来。

在此期间，对于吴仕广和甄希林及探险队来说他们内心很矛盾也很担心，既怕这些盗墓贼跑了，又担心这些盗墓贼会攻击他们。

　　大家轮流在沙丘上用望远镜观察、监视那些盗墓贼的行动,看他们是否逃跑?往哪个方向逃跑?以便采取应急措施,防范盗墓贼狗急跳墙来偷袭他们。

　　大家为了防御盗墓贼夜里出动来偷袭,找了很多木板钉上钉子,骑着自行车走出很远,在盗墓贼可能通过的不同方向的路上埋上木板。只要盗墓贼经过,车轮就一定会扎在钉子上,汽车轮胎里的气放光了,盗墓贼们就绝对跑不了。他们还把所有汽车的车头,包括大车,都对准盗墓团伙可能来犯的方向,作好准备。如果盗贼来了,就用大卡车去撞盗墓贼的汽车,绝不能让盗墓贼们的阴谋得逞。

　　罗布泊的夜晚是静谧的,一种死亡的气息,弥漫在一望无际的夜色里,仿佛这个世界只有那夜空里蓝得出奇的星星眨眼的光芒才是这个世界惟一生命。

　　那夜,注定是个不眠之夜,吴仕广和甄希林及科考队员们都没睡,他们谈论着楼兰的历史、楼兰留给世人诸多解不开的谜团……当然,让队员们最担心的,是盗墓贼会不会来偷袭营地? 600千米之外的巴州公安局的公安人员何时能赶来? 他们既要严防盗墓贼们来偷袭营地,又怕盗墓贼们受到惊吓而开溜了。他们把人分成了几组,大家轮流值班严防偷袭……

　　楼兰古城是世界著名的重要历史文化遗产。这里的古墓和一些相关文物的重要性及考古价值,都是非常重要的,一旦流失、毁坏,将给国家带来重大损失,作为科考队员有义务,也有责任保护这些历史文化遗产。

三

　　6月3日中午,巴州公安局的庞大队长带着公安人员开着两辆汽车,赶到了科考队营地。听了详细汇报后,庞大队长当即就在科考团的营地里, 紧急筹划行动方案。布置围捕时, 估计盗墓贼们可能要开车逃跑, 嘱咐带武器的同志一定要注意安全, 如果盗墓贼反抗或拒捕, 巴州公安局杨局长已有嘱咐: 可以开枪。公安人员和团里的队员各自分配了任务, 有关人员都编了代号、配置了对讲机, 发现情况就互相呼叫。

下午 2 时, 围捕盗墓者的行动开始。公安局人员和科考队成员们, 一齐驱车风驰电掣地向楼兰古墓地奔去。接近墓地后, 庞大队长指挥把车分成两拨, 前面 3 辆, 后面 2 辆, 分头包抄过去。

到达第一天发现盗墓贼放行李物品的地方时, 大家看到盗墓贼的两套铺盖还在, 但是这些盗墓贼却不见一个人影, 一个科考队员立即冲到最高的土堆上, 用望远镜向四面观察了一会儿后, 突然喊道: 发现西面有尘土卷起……有 2 辆车, 好像一辆蓝色, 一辆黄色……

盗墓贼们万万没想到, 公安人员会如此神速地赶到了楼兰, 他们闻风丧胆、惊慌失措地驾车疯狂疾驰而去, 尾追的公安人员不得不鸣枪示警。

第一声枪响后, 盗墓贼们不予理会。第二枪响后, 他们仍照跑不误。警察又朝天开了两枪, 盗墓贼们这才害怕了, 他们已看到后面追上来的警车, 是比他们车跑得快的三菱越野车, 要不了一会儿就会追上来。惊惧之下, 盗墓贼们先后弃车向两边跑散。警察一见, 又"砰砰"开了几枪。枪声在空旷的戈壁上空响亮震荡, 这下盗墓贼们吓得全趴下了。

公安人员和科考队员追到跟前一看: 盗墓贼们开的是一辆 212 黄色吉普车和一辆蓝色的卡车, 一前一后两辆车隔着七八十米的距离, 车门全开着。盗墓贼们在警察的枪口下, 趴在地上瑟瑟发抖。考察队员们抽下盗墓贼们腰上的皮带, 把他们捆了起来, 盗墓贼们想跑都跑不了了。公安人员又给这些盗墓贼们一人一副手铐全铐了起来, 押上车返回营地。

在营地里，公安人员对这几名盗墓贼进行了审讯。盗墓贼们经过一番沉默后，交代了盗墓的经过和他们埋藏文物的地点。大家又返回现场，搜出一个背后刻着"高官厚禄"几个字的大铜镜，认定这是与宫廷或贵族有关的重要文物。

第二天，他们终于找到了那些文物，其中包括楼兰古城遗址里的极其珍贵的彩色棺木。这种彩棺是中国考古部门在楼兰地区苦苦寻觅，而一直难以发现的文物。彩棺上的图案，融汇了中国古代传统文化中常见的朱雀玄武以及具有西方绘画特点的图形。不仅如此，楼兰墓地遗址里还有很多不同的造墓形式，证明这一地区在当时融汇了不同种族的人群。可惜的是，这些需要进行更深一步研究的依据，已遭到严重破坏。

一场惊心动魄的科考队员与盗墓贼的较量终于以正义战胜邪恶而落下帷幕。

西部探险，第一个吃螃蟹的怪杰

据新疆旅游部门统计，截止 2006 年 10 月 30 日，今年到新疆参加穿越塔克拉玛干沙漠、穿越夏特古道的木扎尔特冰川等特殊旅游线路探险游的中外游客人数高达 5 万人次。昔日这些被称为"死亡之旅"的线路，如今却成了热门线路。

1895 年斯文·赫定的那次著名的"死亡之旅"也是从这里出发的。中国著名科学家彭加木和中国著名探险家余纯顺在罗布泊遇难失踪。

沿伊犁昭苏县夏特古道的木扎尔特冰川穿越天山，这条天路也曾经让无数探险家为之丧命。

如今这些经典旅游线路的畅通与一个被人称为"西部怪杰"的人有关。他曾经作为中美联合登山队中方队长第一次成功登上藏北高原与新疆接壤的海拔 6973 米的木孜塔格峰；他曾经作为中央电视台成功穿越塔克拉玛干沙漠探险的外围支援队长，保护了中央电视台记者的生命……

他曾经 18 次带团成功穿越罗布泊……

这个人叫甄希林，曾经是新疆登山队队长、新疆大自然旅行社副总经理、探险旅游部经理。说起在新疆的高山大川、荒漠戈壁、峡谷中搞探险旅游甄希林是如数家珍。

甄希林的故事是从 20 世纪 80 年代开始的，那时候他是新疆登山队的队长，他所做的工作就是为国争光，为新疆人民争光，对新疆的名山大川进行攀登科考。让他绝对没有想到的是他的科考活动却为后来的新疆特种旅游业的发展奠定了基础，他也阴差阳错地成了新疆特种旅游业的开拓者。

挑战极限，生命悬于一线

1984 年，新疆的山峰探险活动还没有正式对外开放，经过国家有关部门批准新疆登山队与美国高山俱乐部登山队计划攀登新疆与西藏、青海接壤的昆仑山脉东段的最高峰木孜塔格峰。在此之前没有人登上过这座山，当时对外宣称的高度是海拔 7723 米。为了掌握木孜塔格峰的具体情况和可靠数据，自治区领导决定由新疆登山队先登一次木孜塔格峰为中美联合登山队的登山做准备。这次任务无疑就落在了新疆登山队长甄希林的肩上。

1984 年 9 月 4 日，甄希林带领李春元、郭锦卫、胡峰岭开始了这次的探险活动。当他们上到海拔 6000 米的高度时，因为高山反应，有两人留在了营地，就剩下甄希林和胡峰岭两人继续向上攀登。此时的路越来越难走，实际上是无路可走，从海拔 5800 米的高度开始他们完全在平均坡度 45 度的冰壁上攀登，像镜子一样的冰壁每攀登一步都很困难，每一步都冒着生命的危险。为了顺利完成这次任务，甄希林决定轻装前进，除了登山、科考的工具他们几乎把其他的生活用品全部放在了一号营地，4 天的时间里他们是靠着 4 块水果糖坚持过来的。

这次登山是比较顺利的，可是下山的途中却是一波三折。在下冰壁的过程中先是队员胡峰岭滑落下来，在下滑的过程中被冰壁撞晕悬挂在半空中,接着甄希林为了救队友,不小心滑坠了下来,在滑坠的过程中甄希林面对生命危险沉着冷静, 急中生智寻找着自救的机会,终于在滑坠到一百多米的时候他用镐狠狠地扎进了冰缝里,自救获得了成功。并成功地救起了队友,为了节省时间下撤到一号营地他们决定连夜下撤,就这样也比预定的时间晚了一天一夜。由于当年通讯不发达,他们与一号营地无法取得联系,留在一号营地的队员以为他们出事了再也回不来了,迅速下山寻求救援。当他们达到一号营地时山下的救援队也准备开始登山做善后的寻找,刚好也到达了一号营地。登山队里都是些铁汉子,这一刻他们却紧紧地拥抱在一起,泪如雨下。

正是这次登山正确的测量出了木孜塔格峰的高度为海拔 6973 米,而不是原来的海拔 7723 米,从此中华人民共和国的地图上藏北高原上的木孜塔格峰的高度变成了海拔 6973 米。拍摄了大量的电影胶片资料,掌握了大量的科学研究数据。同时为次年的中美联合考察探明了道路,也为后来的特种旅游开辟了线路。

1985 年 10 月,中美联合登山队正式组成。前美国总统布什担任美方名誉队长,原新疆维吾尔自治区党委副书记、自治区主席铁木尔·达瓦买提担任中方名誉队长,中方队长是甄希林。

1985 年 10 月 21 日,中美联合登山队登上了新疆西藏交界处昆仑山脉东段的最高峰,海拔 6973 米的木孜塔格峰。

生命奠基,特种旅游业一路走来

1987 年为了发展特种旅游业,新疆军区后勤部决定成立新疆军区大自然旅行社,从新疆体委抽调甄希林、王卫平、王春燕、郭锦卫等人组成。总经理由新疆军区后勤部参谋长徐同棋兼任,甄希林是主管特种旅游的副总经理。到了大自然旅行社以后使甄希林不能忘怀的就是他带领中日联合探险队穿越夏特古道的木扎尔特冰川了,他几乎以生命为代价，那次穿越木扎尔特冰川开辟了夏特古道探险旅游的先河。

夏特，清代称沙图阿满台，位于昭苏西南部的汗腾格里山下，是伊犁至阿克苏的交通驿站。夏特古道北起伊犁昭苏县的夏特牧场，南至阿克苏地区温宿县的破城子，它沟通天山南北，全长 120 千米，是伊犁通南疆的捷径，也是丝绸之路上最为险峻的一条著名古隘道。人们从南疆的温宿县到北疆的昭苏县要走近 2000 千米漫长的交通线。

发源于雪莲峰下的巴什克里米斯冰川和来自 5000 米以上雪山的冰川，在达坂附近汇聚成了一条三十多千米长、2 千米宽的木扎尔特冰川。由于数万年的冰川运动，冰谷两侧的山峰脱落，在冰川上覆盖了一层石块；登高望去，冰川像是一条褐色的巨龙，从皑皑的雪山上倾泻而下。

20 世纪 80 年代末，人们认识到夏特古道在历史、人文、旅游、生态、登山探险等方面的特殊价值，夏特古道也引起了国际上的关注，人们对夏特古道的探险考察活动也由此拉开了序幕。

1989 年 6 月，新疆大自然旅行社接待了一支 16 人的日本探险旅游团，共同组成了"中日联合探险队"，甄希林任队长，采用南北接应的方式，穿越古道。

这条古道最大的危险就是冰川的暗裂缝，这一些暗裂缝的上面覆盖着一层薄冰，很难判断，为了保障中外队员的安全，作为队长甄希林总是走在前面探路。一条条冰川的暗裂缝在甄希林的带领下躲过。然而意外还是发生，由于走在甄希林后面的马匹驮的东西太重，一下子陷进了五十多米深的暗裂缝里，甄希林的脚下一滑摔倒在地，身体滑向冰缝，一条腿已经悬在了冰缝上，他急中生智用手里探路用的耙子扒住了地面，趴在那里久久不敢动弹，心都快跳出来了。8 天的冰川探险，一条从伊犁昭苏县的夏特牧场至阿克苏地区温宿县的破城子夏特古道的探险线路在甄希林的脚下通了……

CCTV 记者的后盾，
甄希林用自信铺平坦途

塔克拉玛干沙漠被称为"死亡之海"，也被解释为"进去出不来"，20 世纪 80 年代在库姆塔格沙漠中，中国著名科学家彭加木和中国著名探险家余纯顺在罗布泊遇难失踪，"1993 中英联合穿越塔克拉玛干沙漠"活动，最初起因于 1989 年新疆维吾尔自治区主席铁木尔·达瓦买提访问英国期间，活动的组织者之一 Mr.Charles Blackmore 萌发了"一定要来现代的新疆看看"的想法，尔后通过我国驻英使馆和国家旅游局驻英办事处人员，与新疆大自然旅行社取得联系。双方经反复磋商筹划，决定由中国新疆大自然旅行社和英国皇家地理学会派员组成。

中英联合徒步穿越死亡之海，探险的起点是塔克拉玛干沙漠西缘的麦盖提县，从这里出发一直向东前进，在沙漠东缘的若羌县罗布庄结束全程，预计行程 1500 千米。1993 年 9 月，新疆大自然旅行社与英国皇家地理学会联合组织人类首次徒步穿越塔克拉玛干的探险活动正式出发了。原新疆维吾尔自治区党委副书记、自治区主席铁木尔·达瓦买提同志亲自促成此事，并出任活动的中方名誉主席，英方则由前首相希思先生担任名誉主席。甄希林任外围支援队队长。这次史无前例的徒步穿越塔克拉玛干的探险活动，惊动了中外几十家媒体的记者，仅中央电视台就有 12 名记者参加。

9 月 23 日，联合探险队正式出发了。

甄希林作为外围支援队队长的主要任务就是为穿越队提供补给，接送替补人员，当然还要抢在探险队穿越之前在前方建立营地。10 月 7 日上午，由于前方穿越队淡水损失严重，支援队已于 6 日就出发了，甄希林在和田机场接上了第二批赶来的中央电视台 3 名记者，不得不加速赶往接应营地，只有一辆"北京 212"吉普车，195 千米沙漠，大概需要十几个小时。支援队的任务就是为穿越队提供补给，当然要抢在穿越队之前赶到下一个营地，在麻扎塔格建立营地，大家只好日夜兼程追赶吧。

17 时，他们的汽车遇到了一个约 25 度的坡，车轮爬不上去，空转、下陷，一会儿车轮便刨出 4 个坑，深深地埋入沙里。

甄希林拿出一把锹，开始挖沙子，挖走一锹，流回大半，足足挖了几十下，车轮基本露了出来……

21 时许，车再次陷了，此时天色已晚，甄希林挖了一个半小时，终于车出来了。甄希林决定尽量向前赶，真走不动了再说。

汽车继续向前开了 50 米，再次陷入沙漠里，由于天黑，甄希林下令扎营。

10 月 8 日早晨，甄希林好不容易将车四轮垫好，电瓶却又没电了，拼命摇了七八十下，发动了越野车，开出五六米又陷下去了。甄希林又用千斤顶顶车，发现千斤顶上掉了一个螺丝，液压油漏了不少，彻底没有希望了。

甄希林从里程表上读出行驶千米，拿出 1∶50 万的军用地图，用指北针测出从陷车地至麻扎塔格营地约有 80 千米。

甄希林不露声色地告诉大家要限制饮水，他的话虽然是轻描淡写的，可大家心里沉甸甸的。老甄和司机小杨开始翻沙丘，去河床上找路。

中午 12 时许，燥热的空气中传来机器的轰鸣，只见沙海中，摇摇晃晃地开出两辆"奔驰"沙漠卡车。这是石油物探的车辆，他们说，路越来越难走，一辆 212 单车，5 天也开不到麻扎塔格。沙漠卡车将他们的车拖到了和田河的干河床上。发动机不堪重负的吼声越来越焦躁，终于冒出了阵阵蓝烟和刺鼻的机油味,跳下车打开引擎盖,看到火苗乱蹿,迅速扬沙灭火,有惊无险。

换了机油垫,老甄说:还有 30 公升油了,像这样低速四轮驱动,肯定是到不了,大伙儿意见如何? 大家表示,尽量向前,开到油尽走也要走到接应营地。

开出一千米,蓝烟又起,车彻底坏了。

甄希林带领大家在制高点上插起红旗。在低地挖了两口井,在沙丘后面的背风处搭起了帐篷,又从两千米外的一个水坑里打回了一桶积水,等待救援。

此时,从来没有这样经历的记者开始害怕了,有人开始流泪。甄希林开始做大家的思想工作:"相对我当年登山这里哪有险可言啊,当年我们在阿尔金山陷车,足足挖了 7 天,还是出来了,你们放心,我就是你们坚强的后盾,有我在我们大家都很安全……"

大家在焦急中又熬到了 10 月 9 日 16 时, 没有等到寻找他们的卡车,甄希林拦下了过路的石油物探车的司机,对他们一阵好言好语,希望他们把 3 名中央电视台记者拉上送到麻扎塔格营地, 甄希林和司机小杨留在了原地。分手时甄希林把最后一点水留给了 3 名记者。此时他们与前方和后方失去联系五十多个小时……

然而,就在 3 名中央电视台记者失踪的五十多个小时里,前方的穿越队员也非常着急,当他们到达时,有人说:"你们可真行啊,穿越队没出什么事,你们倒让人捏了把汗,我们的稿子都写好了,《CCTV 记者失踪 50 小时》。"

又有人说:营地在昨夜和今天中午两次派车去找你们,还发射了信号弹。有人说不行就请空军派直升机吧,郭队长说有老甄在出不了事的。

说到甄希林大家的眼眶湿润了……

十几个小时后,甄希林也赶上来了……

1993 年 11 月 21 日是中英联合探险队胜利会师罗布庄的日子,历时 58 天。在这 58 天里甄希林带领外围支援队往返数次穿梭后方基地和前方营地为中英联合探险队铺平了道路。这次成功地穿越塔克拉玛干沙漠为大自然旅行社赢得了丰厚的利润,同时开辟了这条穿越塔克拉玛干沙漠探险旅游的黄金线路。

米兰最后的罗布人

一

造访米兰是我心仪已久的事了，今年 7 月 7 日终于如愿以偿。

米兰位于塔克拉玛干沙漠的南缘，距罗布泊约七十余千米，是进入罗布泊的必经之路。米兰遗址由古城、3 座佛寺和 8 座佛塔以及汉代屯田的水利设施组成。如今，远去了刀耕火种的境况，凝聚了风沙尘埃的窘境。

1980 年 6 月，著名科学家彭加木从这里出发赴罗布泊考察一去就再也没有回来，成为一个不解之谜。

20 世纪 80 年代初，意大利的第二大城市米兰市市长曾给中国新疆"米兰"市市长写过一封信，他要与全世界以米兰命名的城市建立友好城市，进行经济、文化上的交流与合作。

亲爱的市长：

我们愿和世界上所有叫做米兰的城市取得联系。根据我们的调查它们共有 33 个，其中：4 个在欧洲，23 个在南北美，5 个在亚洲和 1 个在非洲。

因此我要请你为我们提供有关你市的资料……你市是什么时候

建立的,为什么要命名为米兰以及它的行政机构、多少居民和什么是它的主要经济与文化活动……。

这些基础知识将有助于我们出版一部《世界米兰》的书籍……。

敬上

你亲爱的

(意大利米兰市长)拉列德·威廉

1980 年 3 月 19 日

然而,新疆的"米兰"没有"市长"作出反应,因为如今的新疆米兰只是一个"镇",是新疆生产建设兵团农二师 36 团所在地。

走进米兰是为了解读一个又一个的已知和未知……

二

罗布人最早是一些什么人?这要追溯到两千多年前存在于孔雀河下游的楼兰国了。

当时,塔克拉玛干沙漠周围星罗棋布地散落着一些小绿洲,几乎一个绿洲就是一个国家,大的有十几万或几万人,小的只有几千、几百人,这就是史料上记载的西域三十六国(后分作五十五国),楼兰国就是其中之一。

公元前 138 年张骞出使西域之后,汉武帝想要得到大宛马,多次派使节前往大宛、康居等国家,由于楼兰国是丝绸之路的重要通道,接待这些来来往往的汉使,提供食宿以及粮草等等,这是个很沉重的负担。只有 12000 人口的楼兰国,而且"地沙卤少田,寄田仰谷旁国",是个很穷的小国。更重要的是当时西域是匈奴人的势力范围,匈奴人在这些小国设有"童仆都尉",就是奴隶总管,负责向这些小国征粮征税。这些小国既不敢得罪汉人,也不敢得罪匈奴人,他们往往得把一个太子送到长安做侍子（人质），一个送到匈奴，如果得罪了哪一边那个太子就可能被杀掉。

汉昭帝元凤四年（公元前77年），楼兰王安归曾在匈奴当过侍子，和匈奴人比较亲。他在匈奴唆使下，曾几次攻杀汉使，掠夺财物。汉朝就派傅介子去杀楼兰王。傅介子轻装简从，假说去外国。到了楼兰，傅介子拿出许多金银锦帛，说是国王要是喜欢这些东西可以送给你。楼兰王贪图财物，就很高兴地设宴招待傅介子。酒席间，傅介子的随从突然从后刺杀了国王安归，并对左右说：安归负汉，是天子派我来杀他的，应该立他的弟弟尉屠耆为王。谁如不从，汉朝的大军马上就到！"

安归的弟弟尉屠耆当时还在长安，听说哥哥被杀，要让他回去当国王，心里十分害怕，就对汉昭帝说："我在汉朝多年，楼兰的情况不了解，再说我哥哥安归的儿子还在，我回去恐怕被他杀掉。我们国内有一座城叫伊循，那里水多地肥，请天子派一位大将率领士卒到那里屯田，我也就有依靠了。"汉昭帝答应了他的请求，派了一名司马、四十名吏士和他同行，并决定将楼兰改名鄯善，将都城南迁。尉屠耆离长安前，朝廷为他刻了印章，还选了一名漂亮的宫女给他做夫人，并且准备了车骑辎重。走的那天，汉丞相和将军率领百官送到城门外。

尉屠耆归国后，立即率领国人南迁。至于为什么要南迁，史书上没有记载，为了摆脱匈奴人的控制！至此，楼兰作为一个国家已经从历史上消失了，但作为一座城市，它仍然延续下来，有些专家认为它是公元4世纪的时候由于孔雀河退缩或其他原因才变成一片废墟的。

当年尉屠耆率领国人南迁后所建立的鄯善国新国都就是今天的米兰，米兰是汉代的伊循城。《沙州图经》中曾有"鄯善之东一百八十里有屯城，即汉之伊循"的记载；冯承钧编注的《西城南海史地考证汇编》中也有"安周退保之东城，应是古之伊循，今之密兰"的注释。许多古书上都有从敦煌至鄯善经过密兰的记载，这个密兰就是今天的米兰古城遗址（距今米兰5千米），也就是斯坦因发掘出天使壁画的地方。斯坦因因为"米兰天使"的壁画和同时出土的一些文物，而臭名远扬。

这样看来，米兰人（包括若羌的一部分，山区的牧民应除外）就是罗布人。

36团的副政委赵建新是个热心人，也是个有心人，说起米兰的历史文化如数家珍，他说，他们团还有一位跨越了3个世纪的罗布老人，这一下子引起了我们的兴趣。

由于此次采访活动安排的比较紧，采访罗布老人只有安排在晚上，见到当时已114岁的罗布人热合曼·阿不拉老人时已经是晚上21时了。老人前几日因行走不慎摔坏了腿住进了团场医院。

热合曼·阿不拉老人打着绷带躺在床上，用疑惑的目光看着我们这些陌生人。老人不会讲汉语，只好示意让我们坐下。为我担当翻译的是36团宣传干事依明江，当依明江告诉老人我们一行的来意时，老人善意地笑了。

三

说起他的家园，说起他的早年生活，老人眼里露出了激动的光芒。

1891年，热合曼·阿不拉出生于罗布泊岸边的阿布旦村。祖辈以捕鱼和狩猎为生，那时候，罗布泊是个鱼跃鸟飞的水乡泽国，水泊大得一眼望不到边，有一次热合曼随父驾船捕鱼，曾在罗布泊上漂泊了半个多月却没有漂到尽头。

两岸树木丛生，红柳、梭梭、胡杨密不过人。一棵大的红柳需要两个人或多人合围才能搂抱得过来。树林中各种兽类出没其间，偶尔与人遭遇也是不慌不忙地从容离开，野生动物与人和平相处。

热合曼小时候就开始随父亲在罗布泊里捕鱼，网是父亲和母亲用罗布麻织成的，那时候捕鱼的方法很简单，将鱼网张在狭窄的河湾处，热合曼随父亲或者兄弟从上游拿着树枝,吆喝着往下游赶鱼,让鱼自投罗网。鱼很多,也很肥,每次用网捕上来的鱼他们便将大鱼挑出来拿回家,小鱼再放回罗布泊让其再生长,罗布人把罗布泊当做了自家的鱼塘,用之网之,多余的放生。热合曼最喜欢做的事就是随父亲或兄长驾着小船到罗布泊里去捕捞大鱼。船是用一根几人合围才能搂得过来的红柳做成的,先将红柳的两头砍齐整了,然后,再将红柳的内部木质掏空便成了小船,将碗口粗的红柳一头削扁便成了桨。捕捉大鱼的鱼具则是将红柳根部削成尖当做捕鱼的叉,当大鱼出现的时候,瞄准鱼头或鱼腹狠狠地刺过去,太大的鱼则需要几个人合力去叉。在热合曼的记忆中他随父亲和哥哥捕到过最大的鱼是一头牛仅驮了两条鱼回来,那两条鱼让全村里的人美食了一顿。

每当夜幕降临,罗布人便燃起篝火,将鱼从中间切开穿在红柳条上架在火上烤,边烤边放上些盐、孜然等佐料,鱼架在火上烤出的"滋滋啦啦"的声音和诱人的香味告诉人们罗布人的晚餐将要开始了。到了春季,成千上万只水鸟到这里繁衍生息,这个季节他们的主要生产活动就是捕野鸭,捕了很多很多,吃也吃不完,他们就把野鸭放到沙滩上晒干,然后50只一捆、50只一捆地捆好贮藏起来。

那里还有成群的马鹿、黄羊等动物可以捕猎。他们的衣着主要是兽皮、兽毛和野麻(罗布麻),穿得最多的是野麻织成的像麻片儿一样的麻布,缝制衣服的针是用红柳枝削成的。

那时的米兰没有货币,人们用实物交换自己需要的东西。如果哪家娶媳妇,女家要的"彩礼"往往是5捆野鸭,10捆野麻或多少捆干鱼。偶尔也用干野鸭、野麻或干鱼从敦煌来的商人那里换到一些小米。

罗布人过着平安自给自足的生活,人们夜不闭户,路不拾遗。西出阳关这里是进入新疆后第一个有人烟的地方,是古"丝绸之路"南道的重要驿站,曾经的商队驼铃声,探险者的身影在历史的长河中如流星划过。因为其地理位置的特殊性,这里曾一度繁荣过,其繁荣程度仅有少量的文字记载。乾隆二十六年(即公元 1761 年)清朝舒赫德在西域任职期满回京途中留下了这样的文字记载:"罗布淖尔(即罗布泊)有两部落,一为喀喇库勒,一为喀喇和卓。喀喇和卓又分 5 处,而喀喇库勒仅一伯克。所有伊等属人,共有 183 户 1071 人"。

四

热合曼至今还记得:大约在我十五六岁的时候,阿不旦村来了一些高鼻子、黄头发、蓝眼睛的外国人,他们对人很友好,拿出了我们从来没有见过的糖和松软的馕(面包)来招待我们。听说他们要去楼兰,要招募几个夫役和向导,我就跟上去了。

到了楼兰古城,这些外国人东找西挖,四五天的时间内将古城内的书籍、青铜制品、有文字的木片、竹片和一些玉石装满了几十峰骆驼,这些外国人见到古城里的这些东西高兴得像疯子一样,一会儿哭泣一会儿大笑。返回时,要越过罗布泊,由于水大,我们罗布人用红柳做成的小舟不可能将一峰骆驼及驮的东西一次渡到彼岸。外国人想了一个办法将十几只小船捆联到一起,上面铺上胡杨或红柳搭成了一座浮桥,让驼队缓缓通过,整个驼队经过了一天的时间才通过了罗布泊。

热合曼说,这些外国人临走时,对我们一个劲儿地竖大拇指头,当时,我没有明白他们的意思。阿不旦村里的罗布人很善良,对这些外国人很友好,对远道而来的客人处处给予帮助。若干年后,我们才听后来从北京来的黄先生说,这些外国人都是强盗,他们在楼兰、尼雅等古城盗走了大量我们祖宗留下来的珍贵文物。他们欺骗了我们这些朴实、善良的罗布人,利用了我们的热情好客为他们的强盗行径铺平了道路。现在回想起来这些经历,让我十分后悔当年愚昧无知的行为。

热合曼老人所说的外国人正是 1906 年夏天,从阿不旦村进入楼兰古城的英籍匈牙利考古学家斯坦因。斯坦因是按照斯文·赫定1895年来时绘制的地图，一路来到罗布泊，斯文·赫定的每一个发现，都会成为斯坦因挖掘的目标。斯坦因为了进入楼兰古城，在阿不旦村建立了自己的后方基地，他把自和田运来的装满文物的木箱和他的白银储备金留在了阿不旦村仓库里。然后，在阿不旦村招募了十几名夫役和向导，热合曼就是其中之一，然后渡过罗布泊进入楼兰古城。

五

　　热合曼17岁那年，已是村里个头最高、最英俊潇洒的小伙儿了。热合曼骑马狩猎和划船捕鱼的本领在村里的小伙子中也是最高的。因此，他成了村里姑娘们心目中的白马王子，无论热合曼走到哪里都会有姑娘们火热的目光和吸引他的歌声。正值青春期的热合曼被夜莺一样圆润甜美的歌声所吸引，被马兰花一样美的姑娘阿依拉汗所吸引了。阿依拉汗只要看到热合曼在马背上矫健的身影，便有嘹亮悦耳的歌声飞扬；热合曼只要听到阿依拉汗的歌声就连他的马儿都陶醉了。阿依拉汗是村长的女儿，长得天生丽质，加上一副天生的好嗓子，追求她的小伙子围着她团团转，可她看上了热合曼。两情相悦，热合曼和阿依拉汗的爱情故事开始在马背上演绎，在罗布泊的小舟上飘逸了。

　　据热合曼讲，罗布人结婚之前必须得到双方父母同意，新郎要在举行结婚前几天到新娘家去干活儿，跟着未来的岳丈一起下海子捕鱼。

　　举行婚礼前夕，新郎家里要为新娘家准备几头牛、羊以及几张狐狸皮等物，由新郎送到新娘家，作为聘礼。

　　新娘要为新郎拿出用罗布麻做成的12件衬裤。新娘的父亲要把门前的某一块海子赠给新娘做陪嫁。

　　罗布人的婚礼在新娘家里举行。新郎和新娘要站在门口迎接前来参加婚礼的亲朋好友,他们身边都有伴郎和伴娘,新娘的父母要端上烧烤得香喷喷的鱼和野鸭肉招待来宾。吃过饭之后,阿訇把两张头巾盖在一对新人头上,诵经祝福。

婚礼结束时,所有参加婚礼的来宾都会向新人表达美好的祝愿,说一些祝他们夫妻恩爱、幸福甜蜜的话。然后,大伙儿把一对新人送到海子边,目送新郎新娘在两位妇女的陪同下过到对岸,进入到新娘的父亲为他们准备的一顶帐篷里,新郎新娘将在此度过新婚之夜。

次日清晨,两位中年妇女给新婚夫妻送净身的水,小两口清洗过后则到村里挨户地向亲戚朋友和左邻右舍表示谢意。各家主人要分别向年轻夫妻送鱼、罗布麻、布料、木器等礼物。岳丈要给新女婿送卡盆、鱼网等生产和生活用具。

举行婚礼的当天,罗布人村寨像过节一样热闹,年轻人要举行划卡盆比赛等活动,新郎新娘也要参加。

不久,罗布泊的绿洲上一场空前盛大的叼羊比赛开始了,这是为热合曼和阿依拉汗的婚礼举行的。

热合曼和阿依拉汗幸福美满的生活开始了,然而,他们结婚几年后,罗布泊的水开始渐渐地减少,两岸的红柳、梭梭、芦苇等植物开始因干旱而枯萎、死亡,后来罗布泊彻底干枯了。热合曼曾在即将干枯的罗布泊看到了被干死的大鱼,几十斤重的大鱼鱼腹朝上,扇动着腮在作临死前的挣扎,更多较小的鱼在一汪汪的水里扑腾着,种种迹象表明,一场灾难就要来临了。

由于天气炎热,枯死的芦苇、红柳不知什么原因而突然起火,罗布泊两岸狼烟四起,由于没有水和人口稀少,根本无人救火,也没有办法救火,大火一燃就是3年,大火殃及到了阿不旦村,人们四处逃离。热合曼和阿依拉汗恋恋不舍地离开了生养他们的故乡——阿布旦村。后来他们来到了离米兰古城不远的一片绿洲上安了家。

热合曼和阿依拉汗结婚第 10 年,阿依拉汗怀孕了,这个消息对于热合曼是幸福、是甜蜜。然而,不幸却降临了。妻子因难产而死亡,女儿出生仅仅只有 7 天也因疾病而夭折,这对热合曼是致命的打击。

热合曼一生先后结过 4 次婚,前 3 任妻子都是因病去世的。她的第 4 任妻子吐拉汗今年仅有 67 岁,如今与他幸福地共度晚年。

六

新疆解放前夕,且末县、若羌县一带闹土匪,热合曼曾参加打击土匪的战斗,为保卫自己的家园立下了功劳。

1965 年,新疆生产建设兵团农二师米兰农场(36 团)成立了。思想先进,工作积极的热合曼担任了米兰农场牧场的基层干部。1977 年光荣退休。老人退休不退岗,仍然在自家院子里种植桃子、葡萄、蔬菜等作物。翻译依明江告诉我们,热合曼老人把劳作当成了一种乐趣,虽然百岁高龄了,依然把每天的劳动当作生活中一项重要的内容。老人有句口头语:"自己种植的果实最甜蜜"。

老人的生活是很幸福的,除了每月的退休金,新疆维吾尔自治区人民政府每月还给他发 200 元的补助金。

热合曼老人告诉我们,长寿的秘诀就是多活动,不喝酒,少吃肉。所以,老人一生很少生病。

老人说:活了一百多年,如今才活出幸福的滋味,真想再活上 100年。

新疆科学家揭秘撒哈拉

一

今年 66 岁的袁国映教授，把一生的精力放在生态科研事业上，并取得了惊人的成绩，他先后寻找了最后的野骆驼；揭示了喀纳斯"湖怪之谜"；而且还成为第一个成功穿越撒哈拉沙漠考察的中国科学家。

袁国映教授 1939 年 10 月出生在甘肃张掖，毕业于兰州大学地质地理系自然地理专业。是中国生态学学会理事，新疆生态学学会副理事兼秘书长，新疆环境科学学会常务理事，新疆动物学学会常务理事，新疆土壤学学会常务理事，自治区专家顾问团成员。是新疆环境保护科学研究所的组建人之一，曾先后编写了《新疆野生动物》《新疆脊椎动物简志》《新疆自然野生环境保护》《2000 年的世界新动物野双峰驼》等著作 8 本，主持参加完成了三十多项科学考察和科学研究项目，先后荣获国家和省部级各种奖励，其中一等奖 3 项，二等奖 7 项，三等奖 10 项。

袁国映教授有一个梦想，就是穿越世界第一大荒漠——撒哈拉，去实地考察那里的地质地貌、动植物情况。他想：外国人都能够到中国的塔克拉玛干大沙漠来探险，我们中国人为什么不能去征服撒哈拉大荒漠呢？他的这个梦想得到了国际野骆驼保护基金会（英国人组建）会长约翰·海尔博士的支持。约翰·海尔博士是联合国环境规划署的高级官员，是中国人民的好朋友，在他的积极努力下，联合国环境基金会为中国争取到了 75 万美元的援助，用于建立罗布泊阿尔金山野骆驼自然保护区。

约翰·海尔博士为了纪念自己的祖先汉斯·威斯切在 100 年前成功穿越撒哈拉古驼道，也为了能够给野骆驼保护基金会筹集资金，从 1991 年便开始准备这次探险考察活动。经过两年多时间的准备工作，约翰·海尔博士通过各方面的努力，2001 年 10 月，终于将中英撒哈拉荒漠考察队组成了，一切出发前的准备工作已经到位，他们这次考察队有 1 名中国人、3 名英国人、1 名美国人，沿途雇佣了非洲黑人驼夫，沿着当年汉斯探险的路线逆向而行，起点是尼日利亚的库卡瓦，终点是利比亚北部城市黎波里，全长两千三百多千米。

撒哈拉是非洲语意中的"大荒漠"之意，它的面积达 800 万平方千米，几乎囊括了北非的大部分国家 85% 的面积，仅南部几内亚湾和北部地中海边的小面积地带除外。塔克拉玛干是维吾尔语"进去出不来"之意，沙漠面积约 34 万平方千米。

撒哈拉，只有旱季和雨季之分，雨季在 4~9 月间，但由于大荒漠的作用，降雨量从南部几内亚湾海边热带雨林的 2000 毫米向北迅速递减，至尼日尔南部已达到 100 毫米以下，在撒哈拉中心部分地带有时终年不雨，接近北部和西部的海边雨量增加，撒哈拉 100 毫米等两线圈内的面积为 800 万平方千米。撒哈拉中部在最冷的月份，我们遇到过零下 5℃ 的气温，但据研究平均气温在 10℃ 上下，在 6~7 月，沙漠中部月均气温最高可达 38℃ 以上，地表面气温可达 50℃ 以上，但向外气温降低，旱季撒哈拉中部及以南地区盛行风向为东风，约偏北 10°。

在 11~12 月的撒哈拉中部沙漠，天空万里无云，晚上无风十分宁静，早晨随着太阳上升出现微风，中午 2 时左右风力最大可达 2~3 级，又随着太阳西斜而风力减小，太阳落了，风也没有了，天天如此，十分特殊！

二

2001 年 10 月 22 日，中英撒哈拉沙漠科学考察队的一切准备工作就绪，袁国映和队员们在库卡瓦营地等待着出发的时间。这次的探险活动引起了西方社会的广泛关注，因为这次考察活动要途经尼日利亚、尼日尔和利比亚，所走的线路是撒哈拉荒漠中心的古驼道。100 年来，无人骑驼去过。袁国映和约翰·海尔博士的这一举动牵动着世界的目光，西方的一些电视台、报纸将焦点对准了他们。库卡瓦大学在 10 月 23 日夜晚举行了盛大的宴会为中英联合考察队壮行。

10 月 24 日，这一庄严的时刻到来，袁国映手执中华人民共和国的国旗从库卡瓦出发了。五星红旗第一次在古老的撒哈拉荒漠上空飘扬。

然而，鲜花和掌声之后是艰难的长途跋涉和面临的饥渴、饥饿或一些潜在的危险。因为撒哈拉非洲语意为"大荒漠"，是北非干燥地区的总称，是世界上最大的沙漠，跨埃及、苏丹、利比亚、乍得、突尼斯、阿尔及利亚、尼日尔、马里、毛里塔尼亚等国，大部分地区年降水量不足 100 毫米；自然植被以针叶植物为主，而且仅在荒漠边缘地区分布；地质结构十分复杂，以沙漠、砾漠、石漠、土漠、岩漠构成。中英考察队面临的困难是可想而知的。袁国映教授一行出发不久遇到的第一个困难就是草原上的刺太多，这里生长的所有植物都有刺，而且坚硬、锐利，扎到人腿上，一是扎出血来，二是扎完人之后刺便粘在裤子上往下拔都很费劲，草刺密集的地方人根本无法下地行走。只有骑在骆驼上用摄像机或照相机拍摄资料。为了拍摄到或能够获得一个标本，袁国映不得不从骆驼上下来，在草刺中行走。

经过了几天的艰难行军之后，他们5名科考队员中袁国映和另外两名队员都受了伤。几乎所有骆驼的驼掌都被沙石磨烂，人和骆驼经受着同样的磨难。由于缺水，缠在队员们头上的非洲头巾也在汗渍、风沙的侵蚀下失去了原色，队员们的脸上被风沙和太阳涂上了一层黝黑发光的油彩，个个蓬头垢面的，既可笑又滑稽，可队员们的精神却都很好。

沿途的一些本地居民，像看外星人一样看着他们，用好奇、嘲笑的语气说着一些什么。他们从这些笑声里可以感觉到，这是正常人嘲弄"疯子或傻子"的笑声。果然不出所料，他们雇佣的黑人向导翻译说："你们是哪来的一群疯子，放着汽车不坐还去骑骆驼，这是什么年代了，还到撒哈拉来自讨苦吃……"

听了翻译的话，他们相互会意地笑了，约翰·海尔博士则是开怀大笑，笑得上气不接下气的。然后，摊了摊手做了一个西方人的习惯动作，很潇洒也很幽默地说："对！我们是一群疯子，我们是由'中国疯子和英国疯子'组成的一支疯子考察队。"

海尔博士是个很风趣幽默的人，待人接物都抱着很乐观的态度，于是袁国映便给他起了一个绰号"狡猾的兔子"。

三

袁国映说起沿途与一些居民的交往时，很动情地说："这次我真正感受到了祖国的强大给我带来的荣誉，我处处受到贵宾般的待遇和礼节，因为我是中国人。"

在这次中英撒哈拉探险考察队组建期间，海尔博士已经开始意识到了这一点。这支考察队仅有袁国映一位中国科学家，主要队员是英国人，所以原定考察队为"英中撒哈拉科学考察队"，让约翰·海尔感到意外的是,他在向尼日利亚申请过境护照和相关考察手续时,遭遇尴尬,但将科考队的名字改为"中英撒哈拉科学考察队"之后便顺利过关了。这让约翰·海尔在事后动情地拥抱袁国映。

是啊!中华人民共和国从 20 世纪 60 年代便开始用真情、真心来援助这些非洲国家,他们的医疗卫生、水利设施、交通建设是通过中国人民的友谊构建起来的,虽然斗转星移,时过境迁,可留在非洲人民心中对中国人民的友谊是永远的。

许多非洲人,特别是年轻人,没有见过黄皮肤的中国人,只是在长辈们的故事里听过,在他们的国家、民族的历史中阅读过,可今天当一位真正的中国科学家出现在他们视野里的时候,他们便毫不犹豫地纷纷来目睹中国人的风采,同时也表现出他们对中国人的友情和诚意。

10 月 28 日,中英撒哈拉科考队进入了尼日尔边防检查站,戒备森严的边防检查站上,荷枪实弹的尼日尔警察,满脸严肃地检查证件,并将收取几百美元的过关费。但在他们查阅了袁国映的护照后却"啪"地一声行了一个正规的军礼,脸上露出了友好的笑容,用当地语言欢迎袁国映一行的到来,一名军官走过来告诉袁国映可以免收他们的过关费。这让考察队的同行们深深地感受到中国人民在非洲人民心目中的地位。

科考队进入了利比亚境内,科考队又雇佣了当地的一位黑人作向导,黑人向导对这里的地形也是一知半解,到了最后一个阶段,他也迷失了方向,不熟悉地形,他的误导使科考队偏离了古驼道,多走了两天的冤枉路。约翰·海尔博士气得像一头发怒的狮子,一怒之下将他辞掉了。可这个黑人跑到了当地的警察局,说科考队偷拍利比亚的石油设施等。

利比亚警方感到了事情的"严重性",报告了有关当局。于是利比亚境内的一场军用飞机、军车、警车跟踪科考队的行动开始了。

进入利比亚仅有两天，袁国映和约翰·海尔感到了一种战争将要来临的气息。军用飞机在他们头上来回盘旋作低空飞行，似乎有黑洞洞的枪口在瞄准着他们，紧紧跟随在后面的军车和警车上架设着电台，完全像在进行一场战争。

当地面的军车、警车和空中的军用直升机将他们包围时，警察用英语向他们喊话，让他们停下来接受检查，在检查的过程中，约翰·海尔博士将袁国映推到前面，向这些警察介绍："这是来自中国的教授，是位很重要的人物，很了不起！"检查过证件警察连说没问题，向袁国映致礼，并热情地招待了科考队。警察们还开玩笑说："我们已经保护了你们两天了！"

此前，就听当地的图布人说这一带历来有土匪出没，要科考队注意防抢劫防袭击，所幸的是这两天危险的行程是由当地的军方和警方护送出来的，那当然也就是平平安安的了。

有了一次又一次的经历之后，约翰·海尔总是在关键的时候，将袁国映推到前面作一面挡箭牌或者一张通行证。

四

在沿途的许多地方，袁国映都是坐在骆驼背上用摄像机和照相机记录下沿途壮观的画面。科考队在利比亚北部考察的最后一周，驼队在一条石沟中行走，袁国映被眼前形态各异的石头吸引住了，不停地用照相机和摄像机进行拍摄，由于高度的精力集中，随着道路的坎坷，行进中的骆驼身体晃了一下，袁国映一不留神从骆驼上掉了下来，裤脚被挂在骆驼的鞍子上，所幸裤子结实，才避免了头部着地，背却撞到了石头上，惊动了整个驼队。这一次的摔撞使袁国映的左腹部痛了一个星期。

2001年11月28日，科考队已到达了尼日尔北部的石漠地带，虽然身体很疲惫，可科考成功带来的喜悦使队员们都很快乐。夜晚，月光下的撒哈拉显得神秘而迷人，队员们沉浸在美丽的夜色中。

在这支科考队中，除了袁国映、约翰·海尔还有英国小伙子杰尼——他这个探险队的发烧友。他曾经到中国沿着青藏线独自旅行，至今还保留着驻扎在西藏阿里地区的解放军战士送给他的收音机；加斯帕是个研究骆驼的专家；卡斯物是德国人，担任着美国《地理》杂志的记者，他是在利比亚中途加入科考队的。所有的科考队队员都是为了一个梦想或者一种精神而来，沿途的收获圆了他们的梦，同样也让他们的精神升华到了一个新的境界。

这次中英撒哈拉科考队使命之一是通过这次考察为野骆驼基金会筹集一笔资金，为罗布泊野骆驼自然保护区筹集一笔资金。

2002年2月2日，中英撒哈拉科考队胜利到达终点站利比亚北部城市黎波里，中国驻利比亚大使罗光武在迎接袁国映教授时激动地说："了不起啊！袁教授，中国为你骄傲！"

一位百岁老红军的烽火人生路

新中国成立前夕，毛泽东主席见到他时亲切而惊讶地叫他的绰号："蛮子，你还好吗？"当年平型关战场的后方医院里，一位名叫诺尔曼·白求恩的外国人用不太熟练的汉语说："蛮子，我会还你一条完好的腿！"

他就是今年 102 岁的老红军老军垦李洪清老人……

"有的人说了没有做，有的人做了没有说……"今年 102 岁的老红军李洪清老人属于后者。对于李洪清老人来讲，20 世纪初的烽火狼烟至今还历历在目，遗留在他身上的战争创痕依然印证着一页鲜活的历史。活着成了一座丰碑，一道人生靓丽的风景线。然而，他鲜为人知的人生故事仿佛被岁月的尘埃所湮灭，始终无人知晓。在解放后的工作、生活中始终以普通党员的身份打造着他的党性和人生真谛。从来没有向人讲起过他血与火的传奇经历和永存中国革命史的辉煌功绩。

笔者曾专程前往新疆维吾尔自治区石河子干休所拜访过他。见到笔者老人显得很激动，因哮喘病而有些沙哑的嗓子使老人欲言又止。老人不愿意讲他自己的历史，他说：党和政府对我的关怀照顾我十分感动，比起牺牲在战场上的战友们我所做的就更没有必要说了。经过笔者的再三恳求，老人很吃力地断断续续地讲起了他过去的故事，现摘撷部分细节以飨读者。

一把火烧了地主的房子
费洪清变成了李洪清了

1901 年 2 月，一个叫费洪清的人出生在四川省绵阳地区的一个偏远农村。祖祖辈辈靠土里刨食度日，遇上风调雨顺的年景，尚可勉强度日，如果一旦赶上个洪灾、旱灾、蝗灾什么的，饿死、病死的事时有发生。费洪清家穷的叮当响，属于他家的仅有两间又低又小的茅草屋，也因年久失修，一下雨天外面大下，屋里小下，外面不下，屋里滴答。父亲年迈多病，而又无钱求医，只有硬抗着。1930 年绵阳地区闹蝗灾，铺天盖地的蝗虫将初夏的庄稼吃得仅剩了光秃秃的秆子。这一年秋天颗粒无收。本来就揭不开锅的费洪清家，日子就更难过了。到了年底，费洪清家租来的土地，该给地主交地租了。东家虽然也知道今年遭了灾，仍然为富不仁，派人隔三差五地来催要地租。有一天催得急了，费洪清便与来催租的人吵了起来，东家人多势众，三下两下就把费洪清给打晕在地，病在床上的老父亲，看到儿子被人打死了，一口气没有上来就过世了。

苏醒过来的费洪清，又气又恨，趁夜深人静一把火将地主家的大院给烧了。地主派人到处追杀费洪清，费洪清有家不能回，到处东躲西藏的，为了躲避地主的追杀从此改名叫李洪清了。

1931 年 3 月，李洪清在走头无路的情况下，奔向了革命老区井冈山参加了红军，从此开始了他的烽火生涯。

平型关大捷,他和大胡子白求恩
结下了不解之缘

李洪清老人讲起他那数不清的经历过的战争时,激动万分。由于过分地激动加剧了老人的哮喘,不得不停下来喘几口气再接着讲。老人说,他不注重过去的荣誉和功绩,因为这些都是属于历史的,属于自己的过去,老人的一生中立过特等功、一等功多次,并多次被表彰为战斗英雄。由于老人过分的淡泊名利以至于他的那几十枚军功章和荣誉证书都被幼小的孙子、孙女作了玩具。

李洪清一入伍便成了一名机枪手,在上百次的战斗中,他敢打敢拼,是个打起仗来不要命的主儿,战友们给他取了个绰号"蛮子"(北方人对南方人勇猛的戏称)。因为李洪清老人是个出了名的战斗英雄,连毛泽东主席、朱德总司令、聂荣臻元帅都知道——五师有个"蛮子"排长。

1937 年 8 月,国共两党合作抗日达成协议,中共中央将陕北红军改编为国民革命军第八路军,下辖的一一五师是李洪清所在的师。8 月下旬至 9 月中旬便开始东渡黄河,赴抗日战场——山西。这时,日军为了实现 3 个月内灭亡中国的计划,正一面沿津浦、平汉两铁路南下;一方面兵分两路逼近山西。于是八路军总部要求一一五师在平型关阻击敌人。9 月 24 日这天夜里,天下起了大雨,李洪清和战友们冒着大雨,深一脚浅一脚地跋涉在泥泞的山路上,经过一夜的急行军,天快亮的时候,他们来到了埋伏地点,虽然刚立秋,但是平型关已是寒气袭人。经过一夜的冒雨行军,李洪清和战友们身上都湿透了,他们忍着饥饿、寒冷,趴在潮湿冰凉的阵地上等待着敌人的到来。大约过了一个小时左右,远处传来了敌人汽车的轰鸣声,一支部队正向这边过来,李洪清高兴地暗暗数着敌人汽车的辆数:"一辆、两辆、三辆……"足足有一百多辆,紧跟在汽车后面还有二百多辆骡马大车,车上装满了九二式步兵炮,一看到这种场面,李洪清兴奋的不得了,好久没有痛痛快快地打一仗了,这次一定要好好的过把瘾。随着聂荣臻元帅的一声令下,我军官兵奋不顾身地杀向敌阵,在战场上李洪清杀红了眼,正当战斗进入如火如荼的高潮时,一发呼啸而来的炮弹在李洪清的不远处落下了,李洪清和战友们倒在血泊之中。

醒来时,李洪清已躺在了临时搭起的战地后方医院的病床上,自己的右腿和腹部鲜血淋淋,他清楚自己还没有死,那呼啸而来的炮弹皮崩在了他的腹部和右腿上,此时,他感到腹部和右腿钻心地疼痛,他想翻身坐起来,结果试了几次都失败了。躺在旁边的战友说:"蛮子,咱们胜利了,谁说鬼子不可战胜啊!"李洪清发自内心地笑了,笑的是那么的烂灿。

后来,得知他们这一次消灭的是日军坂城师团二十一旅团的一支部队。共歼敌 1000 余人,击毁汽车 100 余辆,缴获火炮 1 门,机枪 20 挺,步枪 3000 余支及大批军用品。

尽管战争的胜利给李洪清带来了精神上的巨大鼓舞,但是他的伤情却没有明显的好转,几位大夫经过反复论证后,将一个毁灭性的消息告诉了李洪清:"蛮子,你如果要想活着,你的右腿必须截肢,再无其他办法了。"这消息对李洪清来说无疑是致命的一击:"我不要截肢,我不要截!我宁肯死在战场上,让我再上战场吧!"李洪清声嘶力竭地喊叫声就像一把锋利的尖刀扎进在场的医护人员的心中。是啊,雄鹰折了翅膀如何去搏击风雨呢?骏马失去了前蹄又如何能驰骋万里疆场呢?这种来自于内心、来自于灵魂深处的痛苦有谁能够摆脱呢?生和死在战场上只有一步之遥,无论是生还是死对于人生来说都是一种永恒。而让李洪清再不能重返杀敌战场,这种生不如死的感觉是一位性情刚烈的战斗英雄所不能接受的。

就在这时，一个大胡子的外国大夫出现在了李洪清的面前。对他右腿进行反复地检查后用不太熟练的汉语说："蛮子，我会还你一条完好的腿，我一来到这支部队就听说，有一个叫蛮子的战斗英雄，很传奇，终于见到你啦！"这位大胡子大夫高兴地拍了李洪清一下，正好拍在他伤口上，他的一声喊叫，让这位大胡子大夫尴尬地摊了摊手："对不起！"大家都友善地笑了。

每天这位大胡子大夫都来给李洪清疗伤，听李洪清讲战斗经历，后来才知道他叫诺尔曼·白求恩，是位加拿大人，不远万里来到中国是为帮助中国人民的。后来，李洪清和白大夫成了无话不说的好朋友。李洪清讲这位白大夫对待病人特别负责，无论什么时候有伤员送来都会有他的身影出现，他能吃苦而且风趣幽默。白大夫成了李洪清一生中永远不能忘却的朋友。一位外国人都能把事业、生命交给我们，我们没有理由不热爱自己的国家，我们付出血的代价是要收复丢失的家园，是人间正道。白大夫是一位足以影响李洪清一生的人，他不仅治好了李洪清的腿，而且更重要的是塑造了李洪清的灵魂。

李洪清永远不能忘记白求恩去世时的情景，为了给白大夫买棺材，李洪清拿出了他身上所有的积蓄——二十块大洋。

李洪清的"责任田"在毛主席的旁边

平型关大捷之后，一一五师已转移战场。李洪清因伤病留在了后方医院继续疗伤，从此，再也没有回到一一五师。三个月后，李洪清伤病痊愈后，被编进了中共中央警卫连当排长，也随中央机关转战到了延安。

1939 年 2 月，毛泽东主席号召全体官兵"自己动手，丰衣足食"渡过难关，要把陕北变成一个好江南。

1944 年，一个春天的早晨，李洪清在窑洞不远的一块去年开垦的土地上平整土地。这时,毛主席也微笑着向他走来。李洪清一眼就认出了毛主席,毛主席也认出了他,在一次表彰大会上毛主席还为他戴过大红花呢。"蛮子,是你啊,我也分到了一块土地就在你旁边,咱们要比一比哟,看秋后谁打的粮食多!"

毛主席的那块土地是靠近一个小渠边,在这块土地上毛主席花了很多心思。只要有时间,他就拿着锄头到地里干活。李洪清几乎天天都能看到他的身影。为了引水浇地,李洪清在战友们的帮助下,垒了一个小小的水坝。等地整好了,主席便开始筹划在地里种些什么。他首先想到的是种些辣椒、茄子、西红柿之类的蔬菜,他常跟人说"无菜半年荒唷!"。为了把菜种好,毛主席经常和李洪清一起讨论、交流经验、研究务农的技巧。有一次毛主席听了李洪清关于种辣椒的经验后表扬说:"我们的蛮子不仅是个战斗英雄,而且还是种菜能手噢!"说完哈哈地笑了起来。

在延安的那些日日夜夜里,李洪清经常和毛主席一起下地,一起收工。而当夜幕降临李洪清站在自己的哨位上经常看到毛主席窑洞里的灯光彻夜不熄。

说起这段历史,李洪清老人激动万分,眼睛里噙满了泪水。

李洪清老人最后一次见到毛主席时,是在1949年4月,那时李洪清所在的西北野战军教导旅首长派李洪清等人到北平接收傅作义将军起义部队的部分战士调往西北。李洪清想趁此机会再去看一看毛主席,他进了城之后才知道,北平不是当年的延安窑洞可以随时见到毛主席。毛主席办公地点在中南海,不是他想进就进的,无论他怎样和哨兵磨嘴皮子都无济于事。脾气暴躁的李洪清在中南海的外面扯着嗓门大喊起了:"我是蛮子,我要见毛主席,我是蛮子……"不知道的还认为他发疯了,没想到他这一喊果然奏效,从院里匆匆跑出来两个人在李洪清面前敬了个礼便紧紧地抱住了李洪清,原来这两个人其中一位曾是中南海的警卫连长，都是当年李洪清带过的兵。他们听到了老排长的声音就立刻冲了出来。

见到毛主席时，主席高兴地询问："蛮子，你还好吗？"李洪清这位久经沙场的战斗英雄哭了，在战场上流血流汗从来没有流过泪的他，今天再也控制不住自己的情绪流下了眼泪：毛主席还记着有我这个"蛮子"。

永远的情结

新疆解放后，李洪清老人转业到新疆生产建设兵团农十师181团，成了一名农业连队里的仓库保管员。无论在战火纷飞的战场还是在普通的工作岗位，李洪清总是以一名普通共产党员的本色为党为人民谱写着他人生辉煌的篇章，他从来没有向组织上伸手要过什么，从战争年代养成的习惯，只要一发工资，他就要交党费，他说："交党费是他的第一件大事，他永远是党的人。"

1991年秋天，王震将军来新疆视察工作，派人把李洪清从石河子接到乌鲁木齐和老领导、老战友们欢聚。李洪清拿着当年在南泥湾与王震将军的合影，激动地说："王胡子，你还记得咱们当年的合影吗？"王震将军高兴地说："记得，记得，怎么会不记得你蛮子呢！我想你们啊！家里有什么困难？你可以给我讲。"李洪清激动地说："没有，没有，感谢党对我多年来的关怀，感谢王司令来看我们！"

1995年，在新疆维吾尔自治区成立四十周年大庆的日子里，李洪清出席了庆典，自治区党委书记王乐泉紧紧地握着他的手说："李老啊，我代表区党委感谢你对新疆作出的贡献。"王书记扶着李洪清走上主席台，让他坐在自己身边，共同检阅游行队伍。